KB039671

도리언 그레이의 초상 2

도리언 그레이의 초상 2

초판 1쇄 인쇄 2020년 1월 20일
초판 1쇄 발행 2020년 1월 30일

지은이 오스카 와일드
옮긴이 하소연
펴낸이 남기성

펴낸곳 주식회사 자화상
인쇄,제작 데이타링크
출판사등록 신고번호 제 2016-000312호
주소 서울특별시 마포구 월드컵북로 400 서울산업진흥원 201호
대표전화 (070) 7555-9653
이메일 sung0278@naver.com

ISBN 979-11-90298-45-2 04840
    979-11-90298-43-8 (SET)

이 도서의 국립중앙도서관 출판예정도서목록(CIP)은 서지정보유통지원시스템 홈
페이지(http://seoji.nl.go.kr)와 국가자료종합목록시스템(http://www.nl.go.kr/
kolisnet)에서 이용하실 수 있습니다. (CIP제어번호 : CIP2020002576)

도리언 그레이의 초상 2

오스카 와일드 지음

하소연 옮김

자화
상

차례

제9장

초상화의 진실

다음 날 아침, 도리언 그레이가 아침을 먹으려고 식탁 앞에 앉았을 때 바질 홀워드가 방 안으로 들어왔다.

"도리언, 자네를 보게 되어 정말 기쁘군."

그가 근심 어린 목소리로 말했다.

"어젯밤에 자네를 찾아왔는데 오페라극장에 갔다고 하더군. 물론 나는 그럴 리가 없다고 생각했네. 하지만 자네가 어디로 간 건지 전갈이라도 남겨 두었다면 좋았을 걸 그랬어. 하나의 비극이 또 하나의 비극을 불러오지 않을까 걱정하면서 끔찍한 저녁을 보냈다네. 자네가 그 소식을 들었다면 그 즉시 나에게 전보를 보냈으면 좋았을 텐데. 나는 클럽에서 《더 글로브》 최신판을 집어 들었다가 우연히 그 소식을 접했다네. 그걸 읽자마자 달려왔는데 자네가 없다는 말을 듣고 얼마나 불안감이 들었는지 모른다네. 그 모든 일이 내 마음을 얼마나 아프게 했는지 말로 표현하기가 어렵군. 자네가 얼마나 괴로웠을지 짐작하고 있네. 그런데 어딜 갔었던 거야? 그 아가씨의 어머니를 보러 갔었나? 나도 자네를 따라서 거길 한번 가 볼까 생각 중이라네. 신문에 주소가 나와 있더라고. 유스턴 거리 어디라고 하던데, 그렇지 않나? 하지만 슬픔을 덜어 주지도 못할 거면서 괜히 끼어드는 게 아닌가 싶더군. 불쌍한 여자야! 얼마나 가슴이 미어지겠나. 더구나 외동딸인데 말일세. 아가씨 어머니는 그 일에 대해 뭐라고 하던가?"

"이봐요, 바질, 내가 그걸 어떻게 알겠어요?"

도리언은 베네치아산 유리잔에 담은 은은한 금빛 구슬 거품으로 떠오른 연노란색 와인을 홀짝거리며 심드렁하게 대꾸했다. 그 순간 그는 아주 싫증이 난 것 같아 보였다.

"나는 오페라극장에 갔었어요. 당신도 거기서 봤으면 좋았을 텐데. 거기서 해리의 여동생 그웬돌렌 부인을 만났어요. 굉장히 매력적이더군요. 그녀의 특별석에 앉아서

패니의 노래도 들었답니다. 무척 감동을 받았어요. 끔찍한 일에 대해서는 말하지 마세요. 아무 말도 하지 않으면 일어나지 않은 일이 되거든요. 해리가 했던 말처럼, 어떤 일에 실체를 부여하는 것은 표현일 뿐이거든요. 시빌이 그 여자의 유일한 자식이 아니라는 말씀은 해드려야겠네요. 아마 아들이 하나 있을 겁니다. 아주 잘생겼겠지요. 하지만 그는 배우는 아니고 선원이라나 뭐라나. 그건 그렇고, 요즘은 어떻게 지내세요? 무슨 그림을 그리는지 말씀해 주세요."

"뭐, 오페라를 보러 갔었다고?"

홀워드는 천천히 말했는데 그의 목소리에는 고통스러운 긴장감이 묻어났다.

"시빌 베인이 초라한 극장 숙소에 죽은 채 누워 있는 동안 자네는 오페라를 보러 갔단 말인가? 자네가 사랑했던 소녀가 무덤에서 편안히 잠들기도 전에 어떻게 다른 여자가 아름답다는 둥 패티의 노래가 감각적이라는 둥 말할 수 있는 건가? 그녀의 작고 하얀 몸에 끔찍한 일들이 일어나고 있는데 어떻게 그런 말을 하는가?"

"바질, 그만하세요. 더 이상 듣고 싶지 않아요!"

도리언이 자리에서 벌떡 일어나며 소리쳤다.

"그런 얘기는 그만하시죠. 이미 벌어진 일이에요. 과거는 과거일 뿐이에요."

"자네는 어제를 과거라고 하는 건가?"

"실제로 시간이 얼마나 흘렀는지가 무슨 상관입니까? 천박한 사람들이나 감정을 정리하는 데 오래 걸리는 법이죠. 스스로가 주인인 사람은 기쁨을 만들어 내는 것만큼 슬픔도 금방 끝내는 거라고요. 나는 감정에 휘둘리기보다 감정을 이용하고, 즐기고, 지배하고 싶어요."

"도리언, 무서운 소리를 하는군 그래! 무엇 때문인지는 몰라도 자네는 완전히 다른 사람이 되었어. 지금 자네의 모습은 매일 내 화실에 찾아와서 모델을 서 주던 그 멋진 소년 그대로인데 말일세. 그때는 수수하고 애정이 넘치고 꾸밈도 없어서 세상에서 제일 순수한 존재였는데. 지금은 마음도 없고, 연민은커녕 감정도 없는 사람처럼 말하고 있으니 자네에게 무슨 일이 일어난 건가. 이게 모두 해리 영향인 것 같군."

젊은이는 얼굴이 붉게 상기된 채 창가로 다가가 햇볕 속에 아른대는 초록색 정원을 잠시 바라보았다.

"바질, 나는 해리에게 신세를 많이 졌어요."

그가 마침내 입을 열었다.

"당신에게도 신세를 졌지만 그보다 훨씬 더 많아요. 당신은 나에게 허세 부리는 것만 가르쳐 줬잖아요."

"그래, 그래서 내가 지금 벌을 받는 모양이야. 아니면 언젠가 벌을 받을 날이 있겠지."

"바질, 무슨 말씀인지 모르겠네요. 나에게 뭘 원하는 겁니까?"

도리언이 돌아서며 큰 소리로 말했다.

"내가 자네를 그릴 때의 도리언 그레이를 원하네."

화가가 슬픈 목소리로 말했다.

"바질, 당신은 너무 늦게 온 거예요. 어제 시빌 베인이 자살했다는 소식을 들었을 때……."

젊은이가 화가에게 다가가서는 어깨에 손을 얹으며 말했다.

"자살이라고! 맙소사, 그게 정말인가?"

홀워드가 공포에 질린 표정으로 도리언을 바라보며 소리쳤다.

"바질! 이게 통속적인 사고였다고 생각하는 건 아니죠? 그녀는 자살했어요."

바질은 두 손에 얼굴을 묻었다.

"정말 무서운 일이군."

그가 중얼거리며 몸서리를 쳤다.

"아니죠."

도리언 그레이가 말했다.

"무서워할 일은 아니에요. 이 일은 그저 이 시대 가장 낭만적인 비극 중 하나일 뿐이에요. 보통 연극을 하는 사람들은 가장 진부한 생활을 하잖아요. 그들은 대부분 좋은 남편이나 충실한 아내, 뭐 그런 따분한 사람들이지요. 내 말 뜻을 이해하시죠? 시빌은 정말 달랐어요. 그녀는 자신만의 가장 훌륭하고 비극적인 삶을 살다 간 거예요. 그녀는 언제나 여주인공이었지요. 그녀가 마지막 연기를 한 그날 밤 그렇게 형편없는 연기를 한 이유는 사랑의 실체를 깨달았기 때문이에요. 그녀는 사랑이 실재하지 않는다는 것을 깨닫고 줄리엣이 그랬듯이 죽음을 선택한 거예요. 다시 예술로 돌아간 거죠. 그녀에게는 순교자 같은 뭔가가 있어요. 그녀의 죽음에서는 헛된 아름다움만이 깃들어 있어요. 순교에서처럼 감동적이지만 무익한 것 같은 거요. 하지만 이렇게 말씀드린다고 해서 제가 전혀 고통을 느끼지 않았을 거라고 생각하지는 마세요. 만약 어제 바로 그 순간, 그러니까 5시 반이나 6시 15분쯤 오셨더라면 내가 우는 모습을 보셨을 거예요. 심지어는 그 소식을 듣고 찾아 온 해리도 내가 얼마나 괴로워했는지 모르더군요. 난 무척 괴로웠지만 서서히 괴로움도 사라졌어요. 감상주의자도 아닌데 한 가지 감정만 되풀이할 수는 없잖아요. 그런데 바질, 당신은 너무하시네요. 저를 위로하러 오신 거잖아요. 그 점은 고맙게 생각해요. 하지만 내가 스스로 슬픔을 달랜 걸 알고는 이렇게 화를 내시는 건가요?

그게 인정 많은 사람이 하는 일인가요? 당신은 해리가 들려준 어떤 박애주의자 얘기가 생각나게 만드시는군요. 어떤 불만의 원인을 제거하려는 것인지 불법을 개정하기 위해서였는지 아무튼 그 박애주의자는 20년 동안이나 그 일에 인생을 바쳤답니다. 마침내 그가 추구하던 일을 성공했지만 그때까지 느껴보지 못했던 커다란 실망감을 느꼈다고 하더군요. 할 일이 없어진 그는 너무 권태로워서 고질적인 염세주의자가 되었답니다. 바질, 한 가지 부탁이 있어요. 진심으로 나를 위로하고 싶다면 차라리 내게 닥친 일을 모두 잊는 방법을 알려 주시든가, 올바른 예술적 관점에서 그 지난 일을 볼 수 있는 방법을 알려 주세요. '예술의 위안'이라는 말을 쓴 사람이 고티에인가요? 언젠가 당신 화실에서 조그만 가죽 표지의 책을 집었다가 우연히 읽은 유쾌한 구절이 기억나네요. 아무튼 저는 우리가 말로에 함께 갔을 때 당신이 얘기한 그 청년과는 다릅니다. 살면서 어떤 불행이 닥쳐도 노란색 공단만 있으면 위로받을 수 있다던 그 젊은이와는 다르단 말예요. 나는 만지고 다룰 수 있는 아름다운 물건들을 좋아하죠. 옛날 비단, 청동 제품, 칠기 그릇, 상아조각품, 우아한 장식품, 보석 같은 것에서 얻어 낼 수 있는 것이 많잖아요. 하지만 그것들이 만들어 내거나 드러내는 예술적인 기운이 훨씬 더 큰 위안을 준답니다.

해리의 말처럼 자기 인생의 구경꾼이 되면 인생의 고통에서 벗어날 수 있어요. 내 말에 놀라고 있다는 것을 알아요. 내가 그동안 얼마나 성숙해졌는지 모르실 거예요. 당신을 처음 만났을 때만 해도 어린애였지만 지금은 남자가 되었어요. 새로운 열정과 새로운 생각, 새로운 의식이 생겼죠. 나는 달라졌지만 당신은 예전처럼 저를 좋아해 주셔야 해요. 나는 변했지만 당신은 언제나 내 친구로 남아 있어야 해요. 물론 나는 해리를 좋아하지만 당신이 해리보다 좋은 사람이라는 것을 압니다. 당신은 인생을 너무 두려워하니까. 강한 사람은 아니지만 더 좋은 사람이에요. 게다가 우리는 정말 행복한 시간을 함께 보냈잖아요! 바질, 내 곁을 떠나지 마세요. 싸우지도 말고요. 잘 보세요. 지금 내 모습이 진짜 나예요. 더는 드릴 말씀이 없어요."

화가는 이상하게도 마음이 움직이는 것을 느꼈다. 젊은이는 대단히 소중한 존재였고 그가 가진 매력적인 개성은 화가의 예술 세계에 커다란 전환점을 마련해 주었다. 더는 도리언을 비난하고 싶지 않았다. 결국엔 도리언의 냉담함은 언젠가 사라지고 말 기분일 테니. 도리언은 좋은 면도 많고 고상한 부분도 많은 친구였다.

"알겠네, 도리언."

마침내 화가는 서글픈 미소를 지으며 말을 꺼냈다.

"앞으로는 그 끔찍한 사건에 대해 말하지 않겠네. 그 사건과 관련해서 자네 이름이 오르내리는 일도 없을 거야. 오늘 오후에 수사를 할 모양이던데, 자네를 소환하진 않았나?"

도리언은 고개를 저었지만 '수사'라는 말을 듣는 순간 불쾌한 표정을 지었다. 수사 따위의 일에 대해서는 뭔가 상스럽고 저속한 느낌이었다.

"내 이름을 모를 거예요."

"하지만 그녀는 분명 알고 있었겠지?"

"네. 성은 모르고 이름만 알고 있었어요. 그리고 틀림없이 그녀는 아무에게도 알려 주지 않았을 거예요. 전에 그녀가 사람들이 내가 누군지 모두 궁금해 한다고 말한 적이 있어요. 그녀는 나를 그냥 '백마 탄 왕자님'이라고 알려 줬대요. 정말 귀여운 여자였어요. 바질, 저에게 시빌 베인의 그림을 좀 그려 주세요. 키스 몇 번과 깨져 버린 가슴 아픈 약속 말고도 그녀를 생생하게 기억할 만한 무언가를 간직하고 싶어요."

"도리언, 자네가 기뻐한다면 기꺼이 그려 주지. 하지만 자네가 화실로 와서 모델이 되어 줘야 하네. 자네 없이는 그림을 그릴 수 없어."

"바질, 다시는 모델이 될 수 없어요. 불가능한 일이에요!"

도리언이 뒤로 물러서며 소리쳤다. 화가는 그를 노려보았다.

"그게 무슨 소린가? 내가 그려 준 자네 초상화가 마음에 안 든다는 뜻인가? 초상화는 어디 있나? 왜 초상화 앞을 가린 건가? 초상화를 보여주게나. 그 초상화는 내 최고의 작품이란 말일세. 도리언, 어서 장막을 치우게. 자네 하인이 내 작품을 저렇게 가려 놓은 모양이군. 수치스럽구먼. 어쩐지 방 안이 좀 달라졌다고 느꼈었네."

그도 함께 소리쳤다.

"바질, 하인이 그런 것이 아니에요. 혹시 내가 하인에게 그런 것을 시켰다고 생각하는 건 아니죠? 시종은 나를 위해 가끔 꽃을 꽂는 일만 합니다. 그가 손댄 것이 아니라 내가 직접 장막을 쳤어요. 햇빛이 너무 강하게 비치거든요."

"햇빛이 강하다니? 여보게, 그럴 리가 있나! 이 방은 초상화를 걸어 두기 딱 좋은 장소란 말일세. 어디 한번 보세나."

홀워드가 초상화를 향해 갔다. 바로 그때, 도리언의 입에서 공포에 질린 비명이 터져 나오며 그가 홀워드 앞을 막았다.

"바질, 그림을 보면 안 됩니다. 나는 당신이 그림을 보는 걸 원하지 않아요."

도리언이 새파랗게 질린 얼굴로 말했다.

"내가 그린 작품을 보지 말란 말인가! 진심이 아니지? 보면 왜 안 되나?"

홀워드가 웃으며 큰 소리로 말했다.

"바질, 계속 그렇게 고집을 부리면 맹세하지만 내가 살아 있는 한 당신과 다시는 말하지 않을 것입니다. 진심이에요. 어떤 설명도 하지 않을 테니 아무것도 묻지 마세요. 하지만 꼭 명심하세요. 당신이 이 장막에 손을 대는 순간 우리 사이가 완전히 끝나고 마는 거예요."

홀워드는 기가 찼다. 그는 어이가 없어서 그저 멍하니 도리언 그레이를 바라보기만 했다. 한 번도 보지 못한 모습이었다. 두 주먹을 불끈 쥔 채, 핏기 하나 없는 얼굴에는 분노한 표정이 어렸고 눈동자에서는 푸른 불꽃이 일 것 같았다. 그는 온몸을 부들부들 떨기까지 했다.

"도리언!"

"아무 말씀도 하지 마세요."

"도대체 문제가 뭔가? 자네가 보지 말라고 하면 보지 않겠네. 하지만 내 작품을 봐서는 안 된다니 어이가 없군. 그 그림은 올가을에 파리에서 전시할 예정일세. 전시하기 전에 다시 니스 칠을 해야 할 테니 언제든 한 번은 봐야 할 거야. 그런데 왜 오늘은 안 된다는 건가?"

그가 홱 돌아서서 창가로 다가가며 차갑게 말했다.

"그림을 전시한다고요? 이 그림을 전시할 생각이라고 하셨나요?"

도리언은 자신을 향해 슬그머니 다가오는 기이한 공포감에 질겁하며 소리쳤다. 그렇게 되면 세상 사람들이 그의 비밀을 알게 될까? 사람들이 그의 인생의 비밀을 보고 입을 벌리며 놀라게 될 것이 아닌가? 그럴 수는 없었다. 지금 당장 손을 써야 했다. 그게 어떤 방식인지는 모르겠지만.

"그럴 생각이네. 자네가 반대하리라고는 생각하지 못했어. 10월 첫째 주, 세즈 거리에서 특별 전시회를 하기로 했네. 조르주 프티 화랑이 그 전시회를 위해 내 그림 중에 가장 훌륭한 작품들을 고를 거야. 초상화는 겨우 한 달 정도 자네 손을 떠나 있을 테고, 그 정도라면 빌려 줄 줄 알았네만. 사실 자네는 그때쯤이면 런던을 떠나 있을 거잖아. 게다가 항상 저렇게 그림을 장막으로 가려 놓을 거라면 여기에 없다고 해서 신경 쓸 일도 아닐 테지."

도리언 그레이는 이마를 어루만졌다. 땀방울이 맺혀 있었다. 이제 곧 끔찍한 위험이 닥칠 것만 같았다.

"한 달 전에는 이 그림을 절대로 전시하지 않겠다고 했잖아요. 왜 마음을 바꾸셨어요? 일관성을 좋아하는 줄 알았는데 당신도 변덕이 심한 다른 사람들하고 별반 다를 게 없네요. 차이라고 해 봐야 당신 변덕은 의미가 없다는 정도? 세상에 어떤 일이 일어나도 이걸 전시할 일은 없을 거라더니 그걸 그새 잊어버렸나요? 해리에게도 똑같은 말을 했잖아요?"

그는 갑자기 말을 멈췄다. '한 15분쯤 아주 색다른 경험을 해 보고 싶으면 바질에게 자네의 초상화를 전시하지 않으려는 이유를 물어보게. 그가 이유를 말해 줬는데 아주 뜻밖이었거든.' 언젠가 헨리 경이 농담을 섞어 가며 자신에게 했던 말이 생각났다. 순간 그의 눈이 반짝 하고 빛났다. 그래, 어쩌면 바질에게도 비밀이 있을지 모른다. 도리언은 바질에게 묻기로 결심했다.

"바질, 우리는 모두 비밀이 있어요. 당신의 비밀을 말해 주세요. 그러면 나도 내 비밀을 말씀드리죠. 왜 내 초상화를 전시하지 않으려고 했던 거지요?"

도리언은 바질에게 바싹 다가와 그의 얼굴을 똑바로 보며 말했다. 홀워드는 자신도 모르게 몸서리를 쳤다.

"도리언, 내가 만약 그 얘길 한다면 자네는 지금처럼 나를 좋아하지 않을 걸세. 분명히 나를 비웃겠지. 자네가 둘 중 어떤 반응을 보이더라도 나는 견딜 수 없을 거야. 자네의 초상화를 보지 말라고 하면 그렇게 하지. 언제나 자네를 보면 되니까 말이야. 내가 그린 최고의 작품이 세상에서 사라진다고 해도 자네의 뜻에 따르겠네. 내게는 명성이나 평판보다는 자네와의 우정이 더 소중하거든."

"아뇨, 바질, 꼭 말씀해 주세요. 나는 알 권리가 있다고 생각하는데요."

도리언이 고집을 부렸다. 공포심은 어느새인가 사라지고 호기심이 생겨서 바질 홀워드의 수수께끼를 꼭 밝혀내기로 마음먹었다.

"도리언, 자리에 앉지. 자, 앉으라니까. 한 가지만 대답해 주게. 혹시 그림에서 뭔가 이상한 것을 발견했나? 아마 처음에는 몰랐겠지만 갑자기 모습이 달라진 게 없냐는 말일세."

화가가 난처한 표정을 보이며 말했다.

"바질!"

도리언은 부들부들 떨리는 손으로 의자 팔걸이를 움켜

잡고 깜짝 놀란 매서운 눈초리로 홀워드를 노려보았다.

"그럴 줄 알았네. 아무 말 말게. 자네에게 할 말이 있으니 내 말을 다 듣고 나서 말하게나. 자네를 처음 만났을 때부터 자네의 독특한 개성은 나에게 가장 비상한 영향을 미쳤다네. 나의 영혼과 두뇌, 예술적인 능력까지 자네에게 지배를 당하게 된 거야. 눈에는 보이지 않던 이상이 보이게 된 것이라고나 할까? 우리 예술가들은 그런 이상을 강렬한 꿈처럼 여기거든. 결국 난 자네를 숭배하게 됐어. 그리고 자네와 이야기하는 모든 사람에게 질투를 느끼기 시작했네. 나 혼자서만 자네를 차지하고 싶었던 거야. 자네와 함께 있을 때는 언제나 행복했지. 자네가 내 곁을 떠나 있을 때도 내 예술 안에 존재했으니까 여전히 나와 함께 있는 셈이었지. 물론 자네에게는 이런 사실들을 감춰왔어. 자네가 이해할 리 없으니 말이야. 실은 나도 내 자신을 이해하기가 쉽지 않았어. 나는 완벽한 존재와 마주했다는 사실, 눈에 보이는 세상이 경이롭게 변했다는 사실만을 알고 있었지. 세상이 어찌나 놀랍게 변했던지! 하지만 그런 광적인 숭배의 대상 뒤에는 항상 위험이 도사리고 있을 것만 같았다네. 이를테면 그런 숭배의 대상을 지키는 데도 위험이 따르겠지만 그것 못지않게 그것을 잃을 수 있는 위험도 있다는 것이지……. 몇 주가 지나가면서 난 자네에게 점점 더 빠져들었어. 그러던 중에 새로운 진전이 있었다네. 난 자네를 섬세한 갑옷을 입은 파리스로, 사냥꾼 망토를 걸치고 반짝이는 창을 든 아도니스로 그리고 있었지. 자네는 커다란 연꽃으로 만든 왕관을 쓰고 로마의 황제 하드리아누스의 거룻배 뱃머리에 앉아 탁한 녹색 나일 강을 바라보고 있었다네. 자네는 그리스 어느 숲속의 조용한 연못에 몸을 굽히고 고요한 수면에 비친 자신의 얼굴을 보며 감탄하기도 했었지. 바로 그런 모습이 예술 그 자체였어. 무의식적이고 이상적이면서 현실 저편에 있는 것 말이었지. 내가 가끔 운명의 날이라고 생각하던 어느 날, 나는 죽은 시대의 옷을 걸친 모습이 아니라 바로 우리 시대의 옷을 입은 그대로, 실제 자네 모습으로 아름다운 초상화를 그려야겠다고 결심했다네. 그저 사실주의의 그림을 그리고 싶었던 건지, 아니면 안개나 베일로 가려진 것 없이 그대로 드러난 자네의 개성에 대한

경이로움에 사로잡힌 탓인지는 알 수 없어. 하지만 초상
화를 그리는 동안 물감의 얇은 조각이나 그것이 만들어
낸 층 하나하나가 내 비밀을 드러내고 있다는 사실을 알
게 되었네. 자네를 열렬히 숭배하는 내 비밀을 다른 사람
들이 알아챌까 봐 두려웠지. 도리언, 나는 내가 자네의 초
상화에 너무 많은 것을 표현하고 내 자신을 너무 많이 투
영했다는 것을 깨달았지. 그래서 그림을 전시하면 안 된
다고 했던 것일세. 그때 자네가 조금 화내긴 했지만 그림
이 내게 어떤 의미인지는 몰랐어. 해리에게 이 얘기를 했
더니 그는 나를 비웃더군. 하지만 나는 상관하지 않았네.
그림이 완성된 다음에 혼자 마주하고 앉았을 때 내가 옳
다는 걸 느꼈지…….

아! 그림이 화실을 떠난 다음에야 나는 그림의 존재가
뿜어내는 참을 수 없는 매혹에서 벗어날 수 있었네. 그때
는 자네가 너무나 아름답고 내가 초상화를 그렸다는 사
실 말고도 그림에서 뭔가를 보았다고 상상한 건 정말 어
리석었다는 생각이 들었어. 지금도 창작 과정에서 느끼는
열정이 작품 속에 고스란히 드러난다는 생각은 예술이 빚

어낸 착각이라는 생각을 하네. 예술은 항상 우리가 상상하는 것 이상으로 추상적이거든. 형식과 색채는 그저 그것만을 보여 줄 뿐이지. 예술은 예술가를 드러내기보다더 철저히 감춘다는 생각이 들기도 하네. 그래서 파리에서 전시 제안을 받았을 때 내 작품 중에서 자네 초상화를 대표작으로 걸기로 했던 거야. 자네가 거절하리라고는 전혀 생각하지 못했어. 하지만 지금 생각해 보니 자네 생각이 옳은 것 같네. 초상화는 전시되면 안 되네. 도리언, 이런 이야기를 했다고 화내지 말게. 언젠가 해리에게도 말했지만 자네는 운명적으로 숭배를 받을 자격이 있는 사람이야."

도리언 그레이가 길게 숨을 내쉬었다. 그의 얼굴에 다시 화색이 돌고 입가에 미소가 떠올랐다. 위험은 사라졌고 당분간 그는 안전할 것이다. 하지만 그는 방금 자신에게 이상한 고백을 한 화가에게 연민을 느끼지 않을 수 없었다. 그리고 그 순간, 자신도 한 친구의 독특한 개성에 지배받을 수 있을지 궁금해졌다. 헨리 경은 아주 위험할 정도로 매력적인 사람이었지만 그뿐이었다. 진심으로 좋아하기에는 너무 냉소적이고 영리했다. 자신의 마음을 묘한 개성으로 사로잡아 맹목적인 숭배를 하게 만들 사람이 존재할까? 그런 맹목적인 숭배의 감정도 인생이 자신을 위해 준비한 것들 중에 하나가 아닐까?

"도리언, 정말 뜻밖일세. 초상화에서 자네도 뭔가를 발견했다니 말이야. 정말 그것을 본 건가?"

홀워드가 말했다.

"뭔가를 보긴 했어요."

그가 대답했다.

"아주 기묘해 보였어요."

"그래, 그렇다면 이제는 내가 자네 초상화를 봐도 되겠군?"

"바질, 내게 그런 부탁은 하지 마세요. 나는 당신을 저 초상화 앞에 서게 해줄 수 없어요. 절대로 안 됩니다."

도리언이 고개를 저었다.

"그럼 언젠가는 볼 수 있겠지?"

"결코 보여줄 수 없어요."

"음, 자네 생각이 옳을지도 모르지. 도리언 그럼 난 이만 가보겠네. 자네는 내 인생에서 진정으로 예술에 영향을 미친 유일한 인물이라네. 내가 완성한 훌륭한 작품들은 무엇이 됐든 모두 자네 덕분일세. 아! 이런 얘기를 털어놓는 것이 얼마나 힘든 일인지 자네는 모를 거야."

"이봐요, 바질."

도리언이 말했다.

"내게 무슨 말을 했다는 겁니까? 나를 대단히 숭배했다는 말뿐이었어요. 그건 칭찬도 아니에요."

"찬사나 늘어놓으려고 한 말이 아닐세. 그건 고백이었다네. 고백을 하고 나니 뭔가 빠져나간 것만 같아. 숭배의 감정 같은 건 결코 말로 표현하면 안 될 것 같아."

"매우 실망스러운 고백이었어요."

"이런, 도대체 뭘 기대했었는데? 자네, 그림에서 특별한 걸 보긴 한 건가? 별다른 걸 발견하지 못한 거지?"

"맞아요. 특별한 건 보지 못했어요. 그걸 왜 묻지요? 그건 그렇고, 당신은 숭배라는 말을 하시면 안 돼요. 그런 말을 하다니 정말 바보 같아요. 바질, 당신과 나는 친구잖아요. 앞으로도 영원히 친구여야 하고요."

"자네에겐 해리가 있잖나?"

홀워드가 서글프게 말했다.

"아, 해리!"

젊은이가 잔잔한 미소를 지으며 큰 소리로 말했다.

"해리는 낮에는 믿을 수 없는 이야기를 하고, 밤에는 있을 것 같지 않은 일을 하면서 시간을 보내죠. 실은 내가 바라는 삶이 바로 그런 것이기도 해요. 하지만 내게 곤란한 일이 생기면 해리를 찾아가지 않을 거예요. 바질, 당신을 찾아갈게요."

"다시 내 그림의 모델이 되어 줄 수 있나?"

"그럴 수는 없어요."

"도리언, 자네가 내 부탁을 거절하면 내 예술가로서의 삶을 망치는 거야. 어떤 예술가도 이상적인 모델을 둘이나 만날 수는 없다네. 사실 한 명 만나는 것도 굉장히 어렵지."

"바질, 이유를 설명해 드릴 수는 없지만 다시는 당신의 모델이 될 수 없어요. 초상화에는 뭔가 숙명적인 게 있어요. 그 자체의 생명 같은 것이 있다는 말이지요. 아무튼

차를 마시러 가긴 할게요. 그것도 나름대로 즐거운 일이 될 거예요."

"자네야 즐거울 수 있겠지."

홀워드가 서운한 듯 중얼거렸다.

"그럼 이만 가 봐야겠군. 저 초상화를 다시 한 번 보고 싶은데 안 보여 주니 정말 유감이야. 하지만 어쩔 수 없지. 자네가 초상화에 대해 어떤 느낌을 받았는지 충분히 이해하네."

홀워드가 방에서 나가자 도리언 그레이는 미소 지었다. 불쌍한 바질! 진짜 이유에 대해서는 전혀 모르는군! 내 비밀은 밝히지 않고 우연히 친구의 비밀을 캐낼 수 있었어. 이 얼마나 묘한 일인가! 그 이상한 고백으로 많은 것을 알게 되었다. 터무니없는 질투심과 열광적인 헌신, 지나친 칭찬, 이상할 정도의 침묵을 모두 이해하게 되었다. 낭만적인 사랑이 덧씌워진 우정에는 뭔가 비극적인 것이 존재하는 것 같아 슬픈 마음이 들었다.

그는 한숨을 쉬고 나서 종을 울렸다. 무슨 수를 써서라도 초상화는 감춰야 했다. 초상화가 발각될지도 모르는 위험을 더 이상 감수할 수는 없었다. 단 한 시간이었을망정 친구들이 드나드는 방 안에 그림을 계속 두었던 것은 정말 미친 짓이었다.

제10장

숨겨야 하는 비밀

하인이 들어왔을 때, 도리언은 그가 혹시 장막에 가려진 초상화를 엿보려 하지는 않을까 걱정하며 그를 주시했다. 하지만 그는 아주 침착하게 지시를 기다릴 뿐이었다. 도리언은 담배에 불을 붙이고 거울 앞으로 다가가 거울에 비친 빅터의 얼굴을 보았다. 빅터의 얼굴은 마치 침착한 표정을 한, 복종의 가면처럼 보였다. 그런 표정을 보니 걱정할 필요는 없을 것 같았다. 하지만 그는 조심하는 것이 최선이라고 생각했다.

그는 아주 느린 말투로 빅터에게 가정부를 불러 주고, 액자 제작자에게 가서 일꾼 두 명을 즉시 보내 달라는 말을 전하라고 일렀다. 빅터가 방을 나서면서 초상화를 가린 장막 쪽을 두리번거리며 살펴보는 것만 같았는데 그저 도리언의 착각에 불과한 것인지도 몰랐다.

잠시 후 검은색 실크 드레스를 입고 주름진 양손에 실로 뜬 구식 벙어리장갑을 낀 리프 부인이 부산을 떨며 서재로 들어왔다. 그는 리프 부인에게 공부방 열쇠를 달라고 부탁했다.

"옛날 공부방 말씀인가요, 도리언 도련님?"

그녀가 소리쳤다.

"아이고, 그 방은 지금 먼지가 가득해요. 제가 청소하고 정리를 해야 들어가실 수 있을 거예요. 지금은 도련님이 들어갈 수 있는 상태가 아니에요. 도련님, 지금은 들어가실 수 없어요."

"리프, 괜찮아. 그냥 열쇠만 있으면 돼."

"저, 도련님, 지금 그 방에 들어가시면 온통 거미줄을 뒤집어쓰실 거예요. 주인 어르신이 돌아가신 후로 거의 5년 동안 그 방을 열어 본 적이 없거든요."

도리언은 할아버지 얘기가 나오자 움찔했다. 그는 할아

버지에 대한 기억이 떠오르는 게 몹시 싫었다.

"상관없어."

그가 대답했다.

"나는 그냥 방 안을 보고 싶어. 그뿐이라고. 어서 내게
열쇠를 줘."

"도련님, 열쇠는 여기 있어요. 제가 꾸러미에서 곧 빼
드릴게요. 그런데 도련님, 설마 그 방에서 생활하실 생각
은 아니시겠죠? 이 방이 더 편안하시잖아요? 자, 여기 열
쇠요."

리프 부인이 떨리는 손으로 열쇠 꾸러미를 더듬으며
말했다.

"아니, 그 방에서 생활하지는 않을 거야."

그가 퉁명스럽게 소리쳤다.

"고마워, 리프. 이젠 됐으니 가 봐."

하지만 부인은 조금 머뭇대더니 집안의 잡다한 일들에
대해 수다를 늘어놓았다. 도리언은 한숨을 쉬고는 집안일
은 그녀가 가장 좋다고 생각하는 방향으로 알아서 처리하
라고 말했다. 그녀는 환하게 미소 지으며 방에서 나갔다.

문이 닫히자, 도리언은 열쇠를 주머니에 넣고는 방을 빙 둘러보았다. 그의 할아버지가 볼로냐 근처의 한 수녀원에서 발견한 자주색 공단 덮개로 시선이 갔다. 17세기 후반 베네치아 양식의 화려한 금빛으로 수놓인 커다란 덮개였다. 그래, 저걸로 그 끔찍한 그림을 덮어 버리면 될 것이다. 그것은 아마도 옛날에 망자를 위한 관을 덮는 데 종종 사용된 천일지도 모른다. 이제 그 천은 죽음 자체가 가져오는 부패보다도 더 심하게 스스로 부패해 가는 것, 공포를 불러오지만 결코 죽지는 않는 것을 감추게 될 것이다. 시체에 구더기가 들끓듯, 캔버스에 물감으로 그린 얼굴에는 그의 죄악이 들끓을 것이다. 그 죄악들이 초상화의 아름다움을 망가뜨리고 우아함을 갉아먹을 것이다. 결국에는 초상화를 완전히 더럽히고 추악하게 만들 것이다. 그럼에도 불구하고 이 초상화는 계속 살아남고 영원토록 살아 있을 것이다.

그는 몸을 부들부들 떨었고, 자신이 그림을 감추려던 진짜 이유를 바질에게 왜 말하지 않았는지 잠시 후회했다. 바질이라면 도리언이 헨리 경의 영향뿐만 아니라 스스로의 기질에서 비롯된 훨씬 더 나쁜 영향을 받지 않도록 도와주었을 것이다. 바질이 그에 대해 품은 사랑은, 실제로 사랑이었으므로 고결하고 지적이었다. 그 사랑은 감각에서 생겨나 감각이 지치면 죽고 마는 아름다움에 대한 단순한 감탄에 불과한 것이 아니었다. 그 사랑은 미켈란젤로, 몽테뉴, 빙켈만과 셰익스피어가 알고 있던 사랑이었다. 그렇다, 바질이라면 도리언 자신을 구해 줄 수도 있었을 것이다. 하지만 이미 때가 늦었다. 과거는 언제나 지워 소멸될 수 있었다. 후회나 부정, 망각도 그럴 수 있지만 미래는 피할 도리가 없다. 그에게는 어떻게든 배출해야 할 열정이 있었고, 악의 그림자를 실제로 만들 수 있으리라는 꿈이 있었다.

그는 소파를 덮고 있던 커다란 덮개를 벗겨 내 두 손에 들고 장막 안으로 들어갔다. 캔버스 위 얼굴은 전보다 더 사악한 모습으로 변했을까? 그림에 변한 것은 없는 것 같았지만 그것에 대한 혐오감은 더욱 심해졌다. 황금빛 머리카락, 푸른 눈동자, 장밋빛 붉은 입술. 모두 그대로였다. 변한 것은 표정뿐이었다. 그 잔인한 표정에 소름이 끼쳤다. 그 표정에 드러난 비난과 질책에 비하면, 시빌 베인에 대한 바질의 질책은 얼마나 가벼웠던가! 얼마나 가볍고, 또 얼마나 사소한 것이었던가! 캔버스 위 그림에 담긴 그의 영혼이 그를 바라보면서 심판했다. 순간 그의 얼굴에 고통스러운 표정이 스쳐갔고, 그는 화려한 천을 그림 위로 던져서 덮었다. 바로 그때 노크 소리가 들렸다. 하인이 들어오자, 그는 얼른 그림에서 물러났다.

"도련님, 일꾼들이 도착했습니다."

그는 하인을 즉시 밖으로 내보내야겠다고 생각했다. 그림을 어디로 치웠는지 알게 해서는 안 되었다. 그에게는 뭔가 교활한 면이 있었는데, 생각이 많은 그의 눈빛은 영 믿음이 생기지 않았다. 도리언은 테이블 앞에 앉아 헨리 경에게 보내는 짧은 편지를 급히 썼다. 읽을 만한 것을 보내 달라는 요청과 그날 저녁 8시 15분에 만나기로 한 약속을 잊지 말라는 내용이었다.

"기다렸다가 답장을 받아 오게. 일꾼들은 이리로 들여보내고."

그가 하인에게 짧은 편지를 건네며 말했다.

2, 3분 뒤에 또다시 노크 소리가 들리더니, 사우스 오드리 가의 이름난 액자 제작자인 허버드 씨가 다소 생김새가 거칠어 보이는 젊은 조수와 함께 안으로 들어왔다. 허버드 씨는 혈색 좋은 얼굴에 붉은 구레나룻을 기른 키 작은 남자였는데, 자신이 거래하는 대부분의 예술가들이 가난에 시달리는 사람들이었던 탓에 예술에 대한 찬양을 상당히 자제했다. 그는 평소 가게를 벗어나지 않는 편이었다. 그는 그저 손님들이 자신의 가게로 찾아오기를 기다렸지만, 도리언 그레이만은 언제나 예외였다. 도리언에게는 뭔가 모든 사람을 매혹시키는 것이 있었다. 사람들은 그를 보는 것만으로도 기분이 좋아졌다.

"무엇을 도와드릴까요, 그레이 씨?"

그가 반점투성이의 포동포동한 두 손을 비비면서 말했다.

"마침 아주 아름다운 액자가 들어온 것에 대해 말씀도 드릴 겸 직접 찾아뵙는 게 좋을 것 같아서 왔습니다. 경매로 들여온 건데 옛날 피렌체 액자예요. 폰트힐 대저택에서 나온 걸로 추정되는데 종교화를 걸기에 딱 알맞은 액자랍니다, 그레이 씨."

"허버드 씨, 이렇게 직접 오시게 해서 미안합니다. 종교
화는 별로 취미가 없지만 나중에 가게에 가서 꼭 보도록
할게요. 지금은 그림 한 점을 옮겼으면 해서요. 그게 꽤
무거운 편이라 당신네 일꾼 두 사람을 보내 달라고 한 거
예요."

"그레이 씨, 염려 마십시오. 무슨 일이든 도와드리지요.
어떤 그림인가요?"

"이겁니다. 그림을 덮고 있는 천과 함께 옮기면 좋겠는
데요. 흠집이 나는 건 싫거든요."

도리언이 장막을 뒤로 밀며 말했다.

"어려울 거 없지요."

친절한 액자 제작자가 말했다. 그는 조수의 도움을 받
아 초상화를 걸어 놓은 긴 놋쇠 사슬을 풀기 시작했다.

"자, 이젠 어디로 옮길까요, 그레이 씨?"

"허버드 씨, 안내할 테니 저를 따라오시죠. 아니, 허버
드 씨가 앞장서는 게 낫겠어요. 맨 꼭대기 층이거든요. 정
면 계단이 넓으니 그쪽으로 갑시다."

도리언은 그들을 위해 문을 열어 주었다. 허버드 씨가 장사꾼답게 신사가 거드는 것을 원치 않아 정중한 태도로 말렸지만 정교하게 제작된 액자다 보니 부피가 상당히 커서 그는 이따금씩 그림을 잡아 주었다.

"꽤 무거운 물건이군요."

맨 위층 층계참에 도착했을 때 몸집이 작은 일꾼이 헉헉거리며 말했다. 그리고는 번들거리는 이마를 닦았다.

"유감스럽지만 상당히 무거워요."

도리언은 자기 인생의 비밀을 간직한 채 자신의 영혼을 다른 사람들의 시선으로부터 막아 줄 문을 열며 나직하게 말했다.

그 방에 들어가 본 것은 4년도 더 되었다. 어릴 때는 놀이방으로, 어느 정도 자라서는 공부방으로 쓴 뒤 한 번도 들어가 본 적이 없었다. 넓고 균형이 잘 잡힌 방이었는데 고인이 된 켈소 경이 어린 손자를 위해 특별히 만든 공간이었다. 켈소 경은 이상하리만치 자기 딸과 많이 닮았다는 것 이외에도 이러저러한 이유를 들어 손자를 미워하고 거리를 두려고 했다. 도리언이 둘러보니 방은 변한 것이 없어 보였다. 어릴 때 가끔 숨곤 하던 커다란 이탈리아 제 상자가 보였다. 정면 판자에는 환상적인 그림이 그려져 있고 모서리의 금박 장식은 색이 바래 있었다. 모서리가 접힌 그의 책이 가득 찬 마호가니 재질 책꽂이와 플랑드르산 태피스트리가 예전 그대로 걸려 있는 것이 보였다. 그 뒤 벽에는 빛바랜 왕과 여왕이 정원에서 체스를 두고 있는 가운데 그 옆으로 한 무리의 매 사냥꾼들이 긴 장갑을 낀 채 두건을 씌운 매를 올려놓고 말을 타고 지나는 그림이었다. 지금은 너덜너덜해졌지만 모든 것이 생생하게 기억이 났다. 방 안을 둘러보고 있자니 외롭던 유년 시절이 떠올랐다. 도리언은 맑고 깨끗했던 유년 시절을 떠올리자 초상화를 이곳에 숨겨 둘 수밖에 없다는 사실에 소름이 끼쳤다. 어릴 때 그는 자신에게 어떤 일이 닥칠지 예상하지 못했을까!

하지만 다른 이들의 시선을 피할 안전한 장소로 집 안에서 이보다 좋은 곳은 없었다. 그가 열쇠를 가지고 있으므로 어느 누구도 이 방에 들어올 수 없었다. 캔버스에 그려진 얼굴은 자줏빛 덮개 아래서 점차 흉악하고 흉측하고 생기 없는 더러운 모습으로 변해 갈 것이다. 하지만 그게 무슨 상관인가? 어차피 누구도 이 초상화를 볼 수 없는데 말이다. 그 자신조차 보지 않을 것이다. 자신의 영혼이 썩어 가는 소름 끼치는 그 모습을 왜 굳이 지켜보려고 할 것인가!

그는 젊음을 간직하고 있었고 그것으로 충분했다. 그러다가 결국 본성이 점점 좋아질 수도 있지 않을까? 미래가 치욕스러움이 가득한 삶이 될 이유는 없었다. 인생에 다시 사랑이 찾아와 그를 정화해 주고, 그림에는 나타나지 않았지만 불가사의하고 알 수 없는 미묘함과 매력적인 죄악들, 영혼과 육체에서 꿈틀대고 있던 그 죄악으로부터 자신을 지켜줄지도 모를 일이었다. 어쩌면 섬세한 진홍빛 입가에 나타난 잔인한 표정도 언젠가는 사라질지도 모른다. 그렇게 되면 바질 홀워드의 걸작을 세상에 공개할 수도 있을 것이다.

아니, 그런 일은 일어나지 않을 것이다. 시간이 한 주두 주 흐르면서 캔버스 위의 얼굴은 점점 늙어갈 것이다. 죄를 지은 추악함은 피할 수도 있겠지만 나이를 먹어서 흉측해진 몰골은 절대로 피할 수 없다. 두 뺨은 푹 꺼지고 늘어질 것이며, 생기를 잃은 멍한 눈동자 주변에 누런 잔주름이 늘어나고, 두 눈은 흉해질 것이다. 머리카락은 윤기가 사라지고 입은 헤벌어지거나 축 처져 늙은이 입처럼 멍청하고 추잡스러워 보일 것이다. 그가 기억하고 있는, 어린 시절 자신에게 그렇게 엄하게 굴던 할아버지처럼 목에는 주름이 생기고 차가운 손에 푸른 정맥이 드러나고 몸뚱이는 구부정해질 것이다. 저 초상화는 반드시 숨겨두어야만 한다. 다른 방법은 없었다.

"허버드 씨, 안으로 들어오세요."

그가 돌아서며 지친 목소리로 말했다.

"너무 오래 기다리시게 했죠. 잠시 딴 생각을 좀 했습니다. 미안합니다."

"그러면 저희도 좀 쉬는 거죠, 그레이 씨. 그림은 어디에 놓을까요?"

액자 제작자가 여전히 숨을 헐떡이며 말했다.

"아, 그냥 아무 데나 놓으세요. 아, 여기, 여기가 좋겠네요. 걸어 놓을 것은 아니니까, 그냥 벽에 기대 놓으시면 되겠어요. 고마워요."

"이 작품을 한번 볼 수 있을까요?"

도리언은 깜짝 놀랐다.

"허버드 씨, 별로 흥미로운 작품이 아닙니다."

도리언은 경계하는 눈빛으로 허버드를 바라보았다. 만일 자기 삶의 비밀을 감추고 있는 저 화려한 장막을 걷기라도 한다면 당장 달려들어 그를 쓰러뜨리기라도 할 기세였다.

"이제 됐습니다. 친절하게 이렇게 직접 와 주셔서 정말 감사합니다."

"별말씀을요. 그레이 씨, 언제든 불러만 주세요."

허버드는 말을 마치고 쿵쿵대며 계단을 내려갔고 조수가 그 뒤를 따랐다. 투박하고 험상궂게 생긴 조수는 도리언처럼 잘생긴 사람을 처음 보는 터라 슬쩍슬쩍 돌아보며 수줍은 표정을 지었다. 그들의 발소리가 사라지자 도리언은 방문을 잠그고 열쇠를 주머니에 넣었다. 비로소 안심이 되었다. 이제 누구도 그 끔찍한 물건을 보지 못할 것이다. 자신 말고는 누구도 자신의 치욕을 볼 수 없을 것이다.

서재에 다다르니 벌써 5시가 지났고 차가 준비되어 있었다. 향기 나는 검은색 목재에 진주가 촘촘히 박힌 이 작은 탁자는 그의 후견인인 래들리 경의 아내가 선물한 것이다. 고질병을 달고 살던 그녀는 지난겨울을 카이로에서 보냈다. 그 탁자 위에는 헨리 경이 보낸 짧은 편지와 표지가 찢어지고 모서리가 얼룩져 누렇게 보이는 장정된 책한 권이 함께 놓여 있었다. 차 쟁반에 《세인트 제임스 가제트》3판 한 부가 놓여 있는 것을 보니 빅터가 돌아온 모양이었다. 액자 제작자와 조수가 집을 나서면서 홀에서 빅터와 마주치지는 않았는지, 무슨 일을 했는지 시시콜콜 물어보지나 않았을지 몹시 궁금했다. 빅터는 그림이 없어진 사실을 알아챌 것이다. 아니, 차와 책을 가져다 놓으면서 이미 봤을 게 분명했다. 장막은 제자리에 있지 않았고 그림이 있던 벽은 텅 비어 있었다. 어쩌면 그는 어느 날 밤에 몰래 계단을 올라가 방문을 열어 보려고 할지도 모른다. 집 안에 염탐꾼이 있다는 것은 두려운 일이었다. 도리언은 편지를 훔쳐보거나 대화를 엿듣고 주소가 적힌 카드를 주웠거나, 베개 아래에서 시든 꽃이나 혹은 구겨진 레이스 조각을 찾아낸 하인이 주인을 평생 협박했다는 이야기를 들어본 적이 있었다.

그는 한숨을 쉬고 차를 좀 따른 뒤에 헨리 경이 보낸 짧은 편지를 펴보았다. 석간신문과 함께 그가 흥미로워할 책을 보냈으며, 8시 15분에는 클럽에 가 있을 것이라는 내용이 적혀 있었다. 그는 《세인트 제임스 가제트》를 대충 훑어보았다. 거기 5면에 붉은 색연필로 표시한 부분이 눈에 들어왔다. 그리고 다음의 내용이 그의 눈길을 사로잡았다.

여배우에 대한 검시(檢屍). 오늘 오전 혹스턴 거리 벨 테이번에서 지역 검시관 댄비의 주관 아래 최근까지 홀번의 로열 극단에 소속되어 있던 젊은 여배우, 시빌 베인의 사체에 대한 검시가 이루어졌다. 검시 결과, 사인은 우발사고로 밝혀졌다. 자신이 직접 증언을 하고, 시체 부검을 맡은 비렐 박사의 증언을 듣는 동안 큰 충격을 받은 고인의 어머니에게 깊은 조의가 표해졌다.

그는 인상을 찌푸렸다. 그리고 방을 가로질러 가면서 신문을 두 갈래로 찢어 던져 버렸다. 이 모든 상황이 정말 추악했다. 정말 어쩌면 이렇게 끔찍할 정도로 일을 꾸몄을까! 그는 헨리 경이 자신에게 그런 기사를 보낸 것이 조금 화가 났다. 게다가 붉은 색연필로 표시까지 하다니. 정말 멍청한 짓이었다. 그 정도 영어는 충분히 이해할 수 있으니 어쩌면 빅터가 이 기사를 읽었을지도 모른다. 읽고 뭔가 의심할지도 모른다. 아니, 그렇다고 해도 문제 될 게 뭐람? 도리언 그레이가 시빌 베인의 죽음과 무슨 상관이 있던가? 두려워할 것은 없다. 도리언 그레이가 그녀를 죽인 것은 아니니까.

그는 헨리 경이 보내 준 노란 책을 보았다. 무슨 책인지 궁금해졌다. 그는 진주색 작은 팔각형 스탠드 쪽으로 다가갔다. 그에게 스탠드는 언제나 은으로 만들어진, 이상한 이집트 벌들의 작품처럼 보였다. 그는 스탠드에서 책을 집어 들고 안락의자에 털썩 앉은 뒤 책장을 넘기기 시작했다. 몇 분이 지나 그는 책 속에 빠져들었는데, 지금까지 본 책 중에 가장 이상한 책이었다. 세상 온갖 죄악들이 아주 아름다운 옷을 입고 플루트 소리에 맞춰 그의 앞에서 공연을 하며 지나가는 것처럼 느껴졌다. 생각조차 해보지 않았던 일들이 서서히 그 모습을 드러내기 시작했다.

그 책은 플롯이 없고 등장인물도 단 한 명뿐인 소설이었다. 간단히 말해 파리의 한 젊은이에 대한 심리 연구서라고 할 만한 책이었다. 그 젊은이는 자신이 살고 있는 세기를 제외하고 모든 세기에 속했던 온갖 열정과 사고방식을 19세기에 실현하려고 애쓰는 인물이었다. 사람들이 미덕이라고 부르는 많은 체념과, 현자들이 계속해서 죄라고 부르는 모든 자연스러운 반항들이 인위적이고 작위적이기 때문에, 사랑하면서 세계정신이 관통하는 다양한 정서를 자기 내면에 정리하고 요약하려고 노력했던 것이다.

문체는 진기한 보석으로 장식한 것처럼 선명한 동시에 모호했고, 프랑스 상징주의자들 중 가장 훌륭한 몇몇 예술가들의 작품처럼 은어와 고어, 전문적인 표현, 부연 설명으로 가득했다. 그 속에는 연보라색 난초처럼 특이하고 미묘한 색채의 은유도 있었으며 감각적인 삶이 신비주의 철학 용어로 표현되기도 했다. 때로 중세 성인의 정신적인 황홀경을 읽고 있는지 현대를 사는 어느 죄인의 병적인 고백을 듣는 건지 알 수 없었다. 위험한 책이었다. 페이지마다 짙은 향기가 풍겨 두뇌를 괴롭히는 것만 같았다. 문장은 정교하게 반복되는 복잡한 후렴과 리듬으로 가득 차 페이지 한 장 한 장을 넘기는 사이에 문장이 가진 운율, 미묘한 음악적 단조로움이 젊은이의 마음에 일종의 몽상을 심어 주었다. 날이 저무는 것도, 어둠이 슬금슬금 다가오는 것도 의식하지 못하게 만드는 그런 몽상이었다.

구름 한 점 없는 외로운 별 하나만이 구멍을 낸 듯한 황록색 하늘이 외로이 떠서 창문 사이로 희미한 빛을 보내 주었다. 그는 희미한 빛에 의지해 더 이상 읽을 수 없을 때까지 계속 책을 읽었다. 빅터가 약속 시간에 늦었다고 몇 번 채근한 뒤에야 자리에서 일어나 옆방으로 들어갔다. 그는 침대 곁에 놓인 작은 피렌체산 탁자 위에 책을 내려놓고 만찬에 입고 갈 옷을 갈아입기 시작했다.

거의 9시가 다 되어 클럽에 도착했을 때 그는 아주 지루한 표정으로 혼자 거실에 앉아 있는 헨리 경을 발견했다.

"해리, 정말 미안해요."

도리언이 큰 소리로 말했다.

"하지만 이번엔 모두 당신 잘못이라고요. 당신이 보내준 그 책이 어찌나 매혹적이던지 시간 가는 줄도 몰랐거든요."

"그래, 당신이 좋아할 줄 알았어."

헨리 경이 의자에서 일어나며 대답했다.

"해리, 그 책이 좋다고는 안 했어요. 매혹적이라니까요. 좋은 것과 매혹적인 건 엄연한 차이가 있답니다."

"아, 자네 그걸 깨달았단 말인가?"

헨리 경이 나지막이 말했다. 두 사람은 곧 식당으로 들어갔다.

제11장

도리언의 세상

도리언 그레이는 몇 년 동안 그 책의 영향에서 벗어날
수 없었다. 아니, 벗어나려고 굳이 노력하지 않았다는 편
이 더 정확할지도 모른다. 그는 파리에서 그 책의 대형 초
판본을 아홉 권이나 구입한 뒤 각각 다른 색깔로 장정했
다. 자신의 다양한 기분과 가끔 통제력을 잃고 마는 듯한
천성적인 변덕스러움에 맞춰 읽기 위한 것이었다. 낭만적
이고도 과학적인 기질이 섞여 있는 소설 속 주인공인 파
리의 젊은이는 도리언에게 앞날을 예고하는 인물로 보였
다. 사실 이 책 전체가 미리 보는 자신의 인생 이야기를
담고 있는 듯했다.

한 가지 점에서 그는 소설 속 주인공보다 운이 좋은 편이었다. 도리언은 파리의 젊은이가 아주 빼어나게 아름다웠던 미모를 너무 이른 나이에 잃어버린 뒤 거울과 윤이 나는 금속 표면, 잔잔한 수면에 얼굴을 비춰 보는 다소 그로테스크한 공포를 전혀 알지 못했으며 알아야 할 이유도 없었던 것이다. 그래서 작품의 후반부에서 다소 과장되게 그려지긴 했지만 다른 사람들 틈에서, 그리고 세상 속에서 자신이 가장 소중하게 여긴 것을 잃어버린 사람의 슬픔과 절망 때문에 도리언은 그 책의 후반부를 아주 비극적인 감성으로 읽곤 했다. 그럴 때마다 잔인한 기쁨을 느끼곤 했다. 사실 모든 기쁨이란 것에는 쾌락과 마찬가지로 잔인함이 깃들어 있었다.

　바질 홀워드는 말할 것도 없고, 주변의 다른 많은 사람들마저도 그토록 매혹시킨 놀라운 아름다움은 도리언 그레이를 한 번도 떠난 적이 없는 것 같았다. 심지어 그에 대해 적대적인 험담을 들은 사람이나, 런던 일대에 그의 생활 방식에 관한 이상한 소문이 퍼져 클럽의 이야깃거리가 됐을 때도 일단 그를 보기만 하면 그런 이야기를 믿지 않게 되었다. 그에게서는 언제나 세속에 물들지 않은 사람의 표정이 느껴졌다. 상스러운 말을 하던 사람들도 도리언이 방 안에 들어서면 입을 다물었는데 그의 얼굴에는 그들을 꾸짖는 듯한 순결한 표정이 깃들어 있었다. 그가 곁에 있는 것만으로도 사람들은 자신이 더럽혀 놓은 순진무구한 시절에 대한 기억이 떠오르는 듯했다. 사람들은 도리언처럼 아름답고 우아한 사람이 어떻게 타락한 세상의 때를 묻히지 않고 살아갈 수 있는지 의아했다.

도리언 그레이는 종종 비밀리에 그의 친구들이나 친구라고 생각하는 사람들 사이에 이상한 추측을 하게 만드는 장기간 외출을 하곤 했다. 그리고 다시 집에 돌아오면 슬그머니 계단에 올라가 항상 몸에 지니고 있는 열쇠로 잠긴 방문을 열고 들어가, 바질 홀워드가 그려 준 자신의 초상화 앞에 거울을 가지고 섰다. 그렇게 서서 캔버스 위의 사악하게 늙은 얼굴을 바라보다가 윤이 나는 거울 속에 활짝 웃고 있는 아름답고 젊은 얼굴과 비교하곤 했는데 이런 극명한 대조가 그의 쾌감을 불러일으키곤 했다.

그는 점점 자신의 아름다움에 매혹되었으며 자신의 영

혼이 점점 타락해 가는 것에 흥미를 느끼기도 했다. 그는 주름진 이마에 낙인을 찍거나 음란한 입가에 스멀거리는 흉측한 선을 세심하게 관찰하며 때론 기괴하고 소름 끼치는 환희를 느끼기도 했고, 때로는 죄악과 노화의 흔적 중에 어느 쪽이 더 끔찍할지 궁금해 하기도 했다. 그는 그림 속에 보이는 거칠고 부은 손 옆에 자신의 하얀 손을 놓으며 미소를 짓기도 했으며 그림 속의 보기 흉한 몸과 노쇠한 팔다리를 조롱하기도 했다.

밤이면 은은한 향기가 퍼지는 자신의 방에 누워 있거나, 가명을 사용해서 종종 드나들곤 하는 악명 높은 선창가 조그만 술집의 칙칙한 방에 누워 잠 못 이루면서, 순전히 이기적이었기 때문에 더욱 마음 아프게 연민하며 자신 때문에 타락해 가는 자신의 영혼을 생각한 순간도 있었다. 하지만 그런 순간은 오래 지속되지 않았고, 친구의 정원에서 만난 헨리 경이 처음으로 도리언의 마음속에 불어넣었던 인생에 대한 호기심은 채우면 채울수록 점점 더 커져 가는 것만 같았다. 알면 알수록 더 많은 것을 알고 싶은 욕망에 괴로웠으며 채우면 채울수록 허기는 심해졌다.

하지만 그는 적어도 사회생활에 관련한 부분에서는 무모한 짓을 하지 않았다. 겨울에는 매달 한두 번씩, 사교 시즌에는 매주 수요일 저녁 세상 사람들에게 자신의 아름다운 저택을 공개했고, 유명한 음악가들을 불러 그들이 선보이는 예술의 경이로움으로 손님들을 사로잡곤 했다. 그가 베푸는 만찬은 언제나 헨리 경의 도움을 받아 열리곤 했는데 이국적인 꽃들과 수놓인 식탁보, 금은제 골동품 접시들이 조화를 이룬 섬세한 취향, 그와 더불어 초대 손님들을 세심하게 선정하고 자리를 각별히 신경 써서 정하는 것으로 유명했다. 실제로 많은 사람들은, 특히 젊은 사람들은 자신들이 학교 다닐 때 자주 꿈꿔 왔던 전형적인 실제 인물, 진정한 교양을 갖춘 학자, 우아함과 뛰어난 기품, 완벽한 예절을 갖춘 시민을 모두 포함하는 전형적인 인물을 도리언 그레이에게서 찾았거나 보았다고 생각했다. 그들에게 도리언은 단테가 묘사했던 것처럼 '미를 숭배함으로써 완벽해지고자' 하는 사람이며, 고티에가 그랬듯 '눈에 보이는 세상은 바로 그를 위해 존재하는 것'

이었다.

분명 그에게는 삶 자체가 모든 예술 중에 가장 첫 번째이며 가장 위대한 예술이었다. 그런 점에서 다른 모든 예술은 인생을 위한 예비 단계일 뿐이었다. 실은 환상에 불과한 것이지만 잠시나마 보편성을 띠는 유행, 그리고 나름대로는 아름다움의 절대적인 현대성을 주장하려는 시도인 댄디즘은 당연히 그를 매혹시켰다. 그가 옷을 입는 방식, 그리고 이따금씩 그가 즐긴 독특한 헤어스타일은 메이페어의 무도회와 팰맬 가의 여러 클럽을 드나드는 젊은 멋쟁이들에게 큰 영향을 미쳤다. 모두들 그를 따라 했으며 도리언은 별 생각 없이 치장한 것도 똑같이 재현하려고 애썼다.

그는 성년이 되자 자신에게 주어진 지위를 기꺼이 받아들일 준비가 되어 있었고, 또 자신이 『사티리콘』에서 네로 황제 시대에 로마에서 저자가 보여준 인간형을 오늘날 런던에서 그대로 재현할 수 있을지 모른다는 생각에 묘한 쾌감을 느꼈다. 반대로 마음 깊은 곳에서는 보석으로 치장하고 넥타이를 매고 지팡이를 다루는 방법에 대해

상담해 주는 단순한 '심미안의 권위자' 이상의 그 무엇이 되길 원했다. 이치에 맞는 철학과 정교한 원칙을 갖춘 새로운 인생 계획을 꼼꼼하게 설계하고 감각을 정화하는 것으로 그 계획을 실현하고자 했다.

감각에 대한 숭배는 아주 정당한 이유로 배척되곤 했는데, 인간이 자신들보다 더 강한 듯 보이면서 고도로 조직화되지 못한 유형의 존재들과 공유하고 있는 것으로 여기는 정열이나 감흥에 대해 본능적으로 공포를 느끼기 때문이었다. 하지만 도리언은 감각의 진정한 본질이 결코 이해된 적 없으며 감각은 그저 야생적이며 동물적인 것으로 남아 있다고 여겼다. 세상은 감각을 새로운 정신적 요소로 만들어 아름다움에 대한 섬세한 본능이 그것의 지배적 특성이 되도록 하는 대신, 오히려 굶주리게 하여 감각을 죽이거나 고통을 주어 죽이려고 했기 때문에 감각이 아직도 미개한 채로 남아 있는 것이 아닌가 생각되었다. 그는 지난 역사를 돌이켜 보면서 그토록 하찮은 목적을 위해 인간들이 너무 많은 것을 내준 것 같은 상실감에 허탈해했다. 고집스럽고 맹목적인 거부, 흉악한 자기 부정과 자기 학대는 공포감이 원인이었으며 그 결과 인간들은 무지로 인해 탈출하고자 했던 상상 속의 타락보다 훨씬 큰 타락을 맛봐야 했다. 놀라울 정도로 아이러니하지만 자연은 은둔자를 내몰아 야생동물들과 함께 음식을 먹게 했으며, 수행자들에게는 들판의 짐승을 친구로 삼도록 했던 것이다.

그렇다. 헨리 경이 예언했듯이 새로운 쾌락주의가 도래하여 우리의 현시대에 소생하고 있는 시대착오적인 청교도주의로부터 삶을 구해내야 한다. 물론 지성의 도움을 받아야 하지만 어떤 열광적인 경험의 희생을 요구하는 이론이나 체계를 받아들이는 것은 안 된다. 쾌락주의의 목표는 경험하는 것 그 자체이지 쓰든 달든 경험의 열매가 되어서는 안 된다. 쾌락주의는 감각을 무디게 만드는 방탕만큼 감각을 죽이는 금욕 또한 전혀 알지 못할 것이다. 하지만 쾌락주의는 인간에게, 그저 한순간에 불과한 인생의 매순간에 전념할 수 있도록 가르쳐 줄 것이다.

죽음에 마음을 빼앗기듯이 꿈도 없는 밤을 보내거나, 공포스럽고 기괴한 쾌락의 밤을 보낸 후라든가, 즉 모든 기괴함에 숨어 있는 강렬한 생명력으로, 특히나 몽상이라는 질병 때문에 정신적으로 커다란 고통을 겪는 사람들의 예술이라고 하는 고딕 예술에 영원한 생명력을 부여한다는 본능과, 현실 자체보다 더 소름끼치는 환영을 찾기 위해 뇌 구석구석을 뒤져 본 뒤에, 이따금 새벽이 오기 전에 잠에서 깨어나 보지 않은 사람은 거의 없을 것이다. 하얀 손가락들이 커튼 사이로 슬그머니 들어오자, 커튼이 파르르 떨리는 것만 같다. 검고 환상적인 형체의 말 없는 그림자들이 방구석으로 기어들어와 웅크린다. 밖에서는 바스락대며 나뭇잎 사이를 날아가는 새소리와 일터로 향하는 사람들 소리, 무슨 수를 쓰든 자줏빛 동굴에서 잠을 불러내야 하는데도 잠자는 사람을 깨우는 게 두려운지 한숨을 쉬며 흐느끼는 바람 소리가 들린다. 여러 겹의 장막 같던 어슴푸레한 안개가 걷히고 사물의 형태와 색들도 점점 제 모습을 찾으면 우리는 새벽이 이 세상을 원래 모양 그대로 살리는 것을 볼 수 있다. 희미한 거울은 잠시 잃었던 모방하는 삶을 되찾고 불이 꺼진 작은 초는 원래 있던 그 자리에 그대로 서 있고, 그 곁에는 공부하다 반쯤 펼쳐

둔 책이나 무도회에서 옷에 꽂았던 철사로 엮은 꽃, 혹은 읽기 두렵거나 너무 자주 읽었던 편지들이 함께 놓여 있다. 변한 것은 아무것도 없어 보인다. 비현실적인 밤의 그림자에서 떠나 우리에게 익숙한 실제 삶으로 돌아온 것이다. 우리는 떠나왔던 곳에서 다시 실제 삶을 시작해야 한다. 바로 그곳에서 우리는 판에 박힌 습관의 삶을 또다시 지루하게 시작하기 위해 끊임없이 에너지를 소비해야만 하는 일에 두려움을 느낀다거나, 어느 날 아침 눈을 떴을 때 세상이 완전히 변했다거나, 사물이 새로운 모양과 색을 가지거나 혹은 전혀 다른 비밀을 간직하게 되는 새로운 세상이나 세상의 과거는 모두 사라지고 남아 있다 해도 의무나 후회를 모르는 상태에서 슬픔을 지닌 기쁨에 대한 기억과 고통을 지닌 쾌락에 대한 추억이 남아 있기를 간절히 원할지도 모른다.

바로 이런 세상을 창조하는 것이 도리언 그레이에게는 진정한 목적 혹은 그런 목적 중의 하나로 여겼다. 그는 새로우면서도 유쾌하고, 로맨스에 꼭 필요한 생소함의 요소를 지닌 감각을 찾으면서 때때로 자신의 본성과는 다르다고 생각했던 특정한 사고방식을 택하고 그 생각의 미묘한 작용에 자신을 완전히 내맡기고 파악하며 지적 호기심을 만족시켰다. 그러고는 아주 냉담하리만치 그런 생각을 물리치곤 했다. 그가 드러내곤 하는 이 냉담함은 열렬한 기질과 서로 모순되는 게 아니라 어떤 현대 심리학자에 따르면 바로 그런 열정적인 기질의 조건이기도 했다.

한때는 그가 머지않아 로마 가톨릭 교회의 신자가 될 것이라는 소문이 돌았다. 실제로 그는 항상 로마 가톨릭 교회의 예식에 큰 매력을 느꼈다. 고대 세계의 모든 희생제보다 훨씬 더 경건해 보이는 매일의 성찬식이 그의 마음을 흔들었다. 이 희생 요소들의 단순함과 그것이 상징하려는 인간의 비극에 대한 비애감, 감각의 징후를 철저히 배제하려는 태도들로 감동을 주었다. 그는 차가운 대리석 바닥에 무릎을 꿇고 앉아 빳빳한 꽃무늬 달마티카 예복을 입은 신부가 하얀 손으로 감실의 베일을 천천히 옆으로 밀어젖히거나, 때로는 사람들이 실제로 천상의 양식, 천사들의 빵이라고 기꺼이 믿는 창백한 성체가 담긴, 보석으로 장식한 등잔 모양 안치기를 높이 들어 올리거나, 그리스도의 수난 의복을 입은 채 성체를 쪼개고 성배에 담아 지은 죄 때문에 가슴을 치는 모습을 보는 것을 좋아했다. 레이스가 달린 주홍색 복사복을 입은 소년 복사들이 엄숙한 표정으로 연기 나는 향로가 커다란 금빛 꽃인 듯 허공에 흔드는 모습도 매력적이었다. 그는 성당을 나설 때면 어두운 고해소를 경탄의 눈으로 바라보며 그곳 어두운 그림자 속에 앉아 낡은 격자무늬 창을 두고 자신의 진실한 삶을 속삭이는 사람들의 이야기를 듣고 싶은 마음이 간절했다.

하지만 그는 어떤 신조나 제도를 공식적으로 받아들임으로써 자신의 지적 성장을 방해하는 실수를 범하거나, 자신이 계속 살아가야 할 집과 단지 하룻밤을 머물 거나 별도 없고 달은 아직 산고를 겪고 있는 한밤중에 고작 몇 시간쯤 머물 수 있는 여관을 혼동하는 실수를 저지르지는 않았다. 평범한 것을 이상한 것으로 보이게 만드는 놀라운 힘과 묘한 도덕 폐기론이 수반되는 듯 보이는 신비주의에 한때 마음이 쏠리기도 했다. 그리고 또 한동안은 독일의 다윈주의 운동인 유물론적 학설에 빠져 정신이라는 것도 우울하거나 건강하거나 정상이라거나 질병이 있다든지 하는 어떤 특정한 신체 상태에 따라 달라진다는 개념에 흥미를 느끼면서 인간의 사고나 감정의 근원을 뇌속의 어떤 진주처럼 생긴 세포나 하얀 신경조직까지 거슬러 올라가 찾는 일에 묘한 쾌감을 느꼈다. 하지만 이미 언급한 것처럼, 그에게는 삶에 관한 어떤 이론도 삶 자체보다 중요한 건 없었다. 그는 어떤 지적인 사색이라도 행동이나 과학적인 실험이 따르지 않을 때 얼마나 무력한지이미 인식하고 있었다. 그는 영혼만큼이나 감각 또한 밝혀져야 할 정신적인 비밀을 가졌다고 생각했다.

그래서 그는 짙은 향기가 나는 오일을 증류하거나 동양에서 들여온 향기 나는 수지를 태워 가며 향수와 향수 제조의 비밀을 연구하기도 했다. 그는 우리의 모든 기분이 감각적인 삶 속에서 대응되는 것을 가지고 있다는 것을 깨닫고 둘 사이의 진정한 관계를 밝혀내려고 노력했다. 그러면서 유황 속의 어떤 물질이 신비스러운 기분이 들게 하는 건지, 용연향 속의 어떤 물질이 열정을 자극하는지, 제비꽃의 어떤 물질이 이미 끝나 버린 연애에 대한 기억을

떠올리게 하는지, 사향의 어떤 물질이 두뇌를 어지럽히는
지, 금후박의 어떤 물질이 상상력을 약화시키는지 의문을
품기도 했다. 그는 종종 향기의 심리학을 정성들여 만들어
보려 했으며 감미로운 향이 나는 뿌리, 향기로운 꽃가루가
잔뜩 있는 꽃들, 향기로운 향유, 거무스름한 향나무들, 메
스꺼움을 느끼게 하는 감송향, 사람을 미치게 하는 헛개나
무, 우울증을 몰아낼 수 있다고 알려진 알로에 등이 주는
다양한 영향을 평가하고 살펴보기도 했다.

　또 어떤 때는 음악에 빠져 주홍색과 황금색을 칠한 천
장과 황록색 래커 칠을 한 벽, 긴 격자창이 있는 방에서
독특한 연주회를 열곤 했다. 제정신이 아닌 집시들이 작
은 치터를 뜯으며 거친 음악을 만들어 내거나, 칙칙한 노
란 색 숄을 걸친 튀니지인들이 기이하게 생긴 류트의 팽
팽한 현을 퉁기는 동안 이를 드러낸 흑인들이 히죽거리
며 구리로 된 북을 단조롭게 두드렸고, 터번을 두른 호리
호리한 인도인들은 주황색 깔개 위에 앉아 갈대나 황동으
로 만든 길쭉한 피리를 불면서 두건을 쓴 듯 머리가 큰 뱀과
소름 끼치는 뿔 달린 살무사에게 주문을 외거나 주문을

거는 척했다. 슈베르트의 우아한 선율이나 아름다운 슬픔을 노래하는 쇼팽, 힘찬 하모니를 들려주는 베토벤의 음악이 별다른 감흥을 주지 못할 때 야만적인 거친 음정과 날카로운 불협화음으로 깊은 감동을 받고는 했던 것이다. 그는 멸망한 나라의 무덤이나 서구 문명과 접촉한 뒤에도 살아남은 몇몇의 야만인들에게 구할 수 있는 가장 특이한 악기를 세계 각지로부터 들여와 그것들을 만져 보고 연주하는 것을 아주 좋아했다. 그는 아르헨티나 리오네그로 인디언의 신비한 악기인 주르파리스도 가지고 있었는데 그것은 원래 여자들에게는 보는 것도 허락되지 않았고 젊은이조차 금식을 하거나 매를 맞는 등의 벌을 받은 후에야 볼 수 있었다고 한다. 그는 또 새들의 날카로운 울음소리를 내는 흙으로 만든 페루의 단지, 알폰소 데 오발레가 칠레에서 소리를 들은 적이 있다는 인간의 뼈로 만든 플루트, 쿠스코 근방에서 발견된 것으로 특유의 감미롭고 낭랑한 소리를 내는 녹색의 벽옥으로 만든 악기들도 가지고 있었다. 조약돌을 가득 채워 흔들면 달가닥 소리가 나는 채색한 조롱박, 연주자가 숨을 불어 넣는 것이 아니라 악기에서 숨을 들이마셔 소리를 내야 하는 클라린이라고 부르는 기다란 멕시코 악기, 하루 종일 높은 나무 위에 앉아 있는 파수꾼이 부는 것으로 한 번 불면 3리그 떨어진 곳까지 들리며 귀에 거슬리는 음을 내는 아마존 부족의 악기 튜레, 혀 두 개가 달려 있으며 식물의 유액에서 추출한 탄성고무를 바른 막대기로 쳐서 소리를 내는 나무로 만든 테포나스틀리, 포도송이처럼 송이송이 매달려 있는 아즈텍 부족의 요틀벨, 베르날 디아스가 코르테스와 함께 멕시코 사원에 들어갔을 때 보았다던 악기로 거대한 뱀 가죽으로 만든 원통 모양의 커다란 북도 있었다. 베르날 디아스는 그 북이 내는 애처로운 소리에 대하여 생생하게 묘사한 기록을 남겼다. 아무튼 이런 악기들이 가진 환상적인 특징이 도리언을 사로잡았고, 그는 자연과 마찬가지로 예술에도 야만적인 형태와 섬뜩한 소리를 지닌 예술 특유의 괴물적 속성들이 있다는 생각에 묘한 쾌감을 느꼈다. 하지만 시간이 지나 이런 것들에 흥미가 떨어지면 혼자 오거나 혹은 헨리 경과 함께 오페라극장의 특별관람석에서 넋을 잃고 〈탄호이저〉를 보며 황홀경에 빠졌다. 위대한 예술 작품의 서곡에서 자기 영혼의 비극이 상연되는 것을 지켜보곤 했다.

언젠가 그는 또 보석을 연구하더니 프랑스 제독 안 드 주아예즈의 모습으로 560개의 진주가 박힌 의상을 입고 가장무도회에 나타나기도 했다. 이런 취미는 몇 년 동안 그의 마음을 사로잡았고 사실상 그런 취미에서 결코 벗어난 적이 없었다고 말해도 좋을 것이다. 그는 등불을 비추면 붉은색으로 변하는 황록색 크리소베릴, 철사처럼 은색 선이 들어 있는 사이모페인, 담황록색의 감람석, 장미의 연분홍색과 와인의 노란색을 가진 토파즈, 떨리며 반짝이는 네 개의 별이 박힌 불꽃같은 진홍색 홍옥, 불타는 것 같은 빨간 육계석, 주황과 보라색이 어우러진 첨정석, 루비와 사파이어가 교대로 층을 이룬 자수정 등 자신이 수집한 다양한 보석들을 상자 안에 넣었다가 꺼내고 다시 정리하는 것으로 하루를 다 보내는 날도 많았다. 그는 월장석이 가진 붉은 황금빛과 월장석이 가진 진주처럼 새하얀 빛과, 뿌연 백색의 단백석 속에 흩어진 무지개빛을 상당히 좋아했다. 엄청나게 크고 화려한 에메랄드 세 개를 암스테르담에서 입수했고, 보석 감정가라면 누구라도 부러워할 만한 유서 깊은 터키옥도 가지고 있었다.

게다가 보석에 관한 놀라운 이야기들도 찾아냈다. 알폰소의 『성직자의 교육』에는 진짜 히아신스석의 눈을 가진 뱀 이야기가, 알렉산더 대왕의 영웅적인 역사서에는 에마티아의 정복자가 요르단 계곡에서 '등에 진짜 에메랄드가 칼라처럼 자란' 뱀들을 발견했다고 적혀 있었다. 필로스트라투스가 전한 이야기에는 뇌에 보석이 박힌 용이 있었는데 '황금색 글자와 주홍색 예복을 보여 주면' 용이 마법에 걸려 깊은 잠을 자게 되고 그때 용을 잡을 수 있다고 했다. 위대한 연금술사인 피에르 드 보니파세에 따르면 다이아몬드는 사람을 보이지 않게 만들고, 인도의 마노는 사람을 웅변가로 만들어 주었다. 또, 홍옥수는 분노를 달래 주고, 히아신스석은 잠이 오게 만들며, 자수정은 술의 독을 없애며, 석류석은 악령을 쫓아내고, 하이드로피쿠스는 달빛을 빼앗았다. 투명 석고는 달과 함께 크기가 커졌다 작아졌다 했으며, 도둑을 찾아내는 멜로세우스는 오직 새끼 염소의 피에만 영향을 받는다고 했다. 레오나르두스

카밀루스는 방금 죽은 두꺼비의 뇌에서 꺼낸 하얀 돌을 본 적이 있는데 그것이 해독 기능이 있는 돌이라고 생각했다. 아라비아 사슴의 심장에서 발견된 결석 베조아르는 페스트를 치료할 수 있는 부적으로 이용되기도 했다. 아라비아 새들의 둥지 속에는 아스필라테스가 들어 있는데 데모크리토스에 의하면 그것을 지닌 사람은 불로 인한 어떤 피해도 입지 않는다고 했다.

실론의 왕은 대관식 때 손에 커다란 루비를 들고 말을 타고서 행진했다. 성자 요한의 궁정 문들은 '누구도 독을 품은 채 들어올 수 없도록 하기 위해서 홍옥수로 만들고 그 안에 뿔 달린 뱀의 뿔을 박아 넣었다.' 그 궁전의 박공 위에는 '두 개의 홍옥이 박힌 황금 사과 두 개가 장식되어 있어' 낮에는 황금이 밤에는 홍옥이 반짝였다. 로지가 쓴 『아메리카의 마거라이트』라는 기이한 로맨스에는 여왕의 침실에서는 '세상의 모든 정숙한 부인들이 귀감람석, 홍옥, 사파이어, 녹색의 에메랄드로 만든 아름다운 거울을 들여다보고 있는 모습이 은으로 돋을새김 돼 있는 것을' 볼 수 있다는 구절이 나온다. 마르코 폴로는 지팡구의 거주자들이 죽은 자의 입 속에 장밋빛 진주를 넣는 것을 보았다고 기록해 두었다. 어떤 바다 괴물이 아끼던 진주를 한 잠수부가 훔쳐 페로제스 왕에게 바치자, 괴물은 그 도둑을 죽이고 일곱 달 동안이나 진주를 빼앗긴 것에 대해 슬퍼했다고 한다. 비잔틴제국의 역사가인 프로코피우스가 전하는 바에 의하면, 훈족이 그 왕을 커다란 구덩이로 유인했을 때 왕이 그 진주를 내던졌고, 아나스타시우스 황제가 그 진주를 찾는 데 순금 500근을 상금으로 내걸었지만 결국 찾을 수 없었다. 말라바의 왕은 어떤 베네치아 사람에게 하나하나가 왕이 숭배하는 신에 해당하는 진주 삼백네 개로 만든 묵주를 보여 주었다.

브랑톰 작가에 따르면 알렉산더 6세의 아들 발렌티누아 공작이 프랑스의 루이 12세를 방문했을 때, 말은 금박으로 치장되고 공작의 모자에는 찬란한 빛을 뿜는 두 줄의 루비가 박혀 있었다. 영국의 찰스 왕은 421개의 다이아몬드로 치장한 등자를 디딘 채 말을 달렸다. 리처드 2세는 3만 마르크의 가치를 지닌 외투가 있었는데 그것은 발라스 루비로 뒤덮여 있었다. 홀이 남긴 기록에는 헨리 8

세가 대관식에 앞서 런던 타워로 가던 중에 '금으로 돈을 새김 무늬를 넣은 재킷을 입고, 다이아몬드와 다른 보석들로 화려하게 치장한 표창을 달고 커다란 발라스 루비로 만든 목걸이를 걸고 있었다.'고 한다. 제임스 1세의 총신들은 금줄 세공을 한 에메랄드 귀걸이를 착용했다. 에드워드 2세는 피어스 가벤스턴에게 하이신스석을 점점이 박아 넣은 금과 구리의 합금 갑옷 한 벌, 터키석을 박은 황금 장미 문양 목걸이, 진주들이 점점이 박힌 스컬캡을 선물했다. 헨리 2세는 보석으로 장식한 팔꿈치까지 닿는 긴 장갑을 끼고 루비 열두 개와 동양산 고급 진주 쉰두 개로 장식한 매 사냥용 장갑을 소지하고 있었다. 가문의 마지막 공작인 부르고뉴 공작, 일명 '경솔한 샤를'의 모자에는 서양 배 모양의 진주와 사파이어가 달려 있었다.

그 옛날의 삶은 얼마나 아름다웠던가! 그 화려함과 찬란한 장식은 또 어떤가! 그 죽은 이들이 누린 향락에 관해 읽는 것만으로도 경탄스러울 뿐이었다.

이후 도리언은 자수품과 북유럽 국가의 서늘한 방에서 벽화 구실을 했던 태피스트리에 관심을 가졌다. 그는 어떤 주제건 간에 그것에 관심을 가지는 순간 엄청난 몰입력을 보여 주었는데, 이 주제를 탐구하면서도 아름답고 경이로운 것들에 시간이 가져다준 파멸을 생각하자 서글퍼지려고 했다. 하지만 그는 그런 파멸을 피해 가고 있었다. 여름이 가고 다시 또 여름이 와도 노란 수선화가 몇 번이나 피고 지고 했지만 그는 조금도 변함이 없었다. 매년 겨울이 찾아와도 그의 얼굴은 망가지지 않았고 꽃처럼 활짝 핀 아름다움은 더러워지지 않았다. 하지만 물질로 이루어진 것들은 그런 그의 경우와 완전히 달랐다. 대체 그 물건들은 어디로 사라져 버렸을까? 갈색 피부를 가진 소녀들이 아테나 여신을 위해 거인들과 맞서 싸우는 신들의 모습을 수놓은 적황색의 커다란 의복은 어디에 있는 걸까? 네로 황제가 로마의 콜로세움에 펼쳤던 거대한 천막은 별이 빛나는 밤하늘과 금박 고삐를 맨 하얀 군마들이 끄는 마차를 모는 아폴로의 모습을 수놓은 타이탄의 돛은 어디에 있는 걸까?

도리언은 아폴론이 연회를 베풀 때 그 위에 온갖 진수성찬을 차리라고 만들었다는 기묘한 냅킨을 정말 보고 싶었다. 그는 또한 300마리의 황금벌을 수놓은 실페릭 왕의 수의와 폰투스 주교의 분노를 불러일으켰으며, '사자, 표범, 곰, 개, 숲, 바위, 사냥꾼 등 사실상 화가가 자연에서 모방할 수 있는 모든 것'을 그려 놓은 환상적인 의복도 무척 보고 싶었다. 그리고 샤를 오를레앙이 입었던 외투도 궁금했는데 그 외투의 양쪽 소매에는 '부인, 나는 정말 기쁘다오'로 시작되는 가사와 함께 그 가사에 곡을 붙인 악보를 금색 실로 수놓았으며, 당시 사각형이던 각각의 음표는 네 개의 진주로 표시되어 있었다고 한다. 그는 부르고뉴의 조앙 왕비가 사용하도록 마련한 랭스 궁전의 방에 대해서도 읽었는데 '왕의 문장과 함께 1,321마리의 앵무새를, 왕비의 문장과 함께 561마리의 나비를 수놓아' 장식되었고, '그 모든 나비들의 날개는 똑같이 전부 금색 실로 수놓아 있었다.' 카트린 드 메디시스는 초승달과 태양이 가득 수놓인 검은색 벨벳 침대를 가지고 있었는데 상중에 이용하는 것이었다. 그 침대의 휘장은 금과 은의 바탕 위에 나뭇잎이 많은 화환과 화관 문양이 있고 가장자리를 진주로 수놓은 다마스크 모직으로 만들어졌다. 그리고 그 침대가 있는 방 안에는 검정 벨벳 조각으로 만든 왕비의 문장이 은색 천 위에 줄줄이 걸려 있었다.

루이 14세는 자신의 방에 금으로 장식한 4.5미터 높이의 여인상 기둥을 놓아 두었으며 폴란드 왕 소비에스키의 의전용 침대는 코란의 구절을 터키옥으로 수놓은 스미르나산 금빛 비단으로 만들어져 있었다. 침대의 지지대는 은박으로 아름답게 돋을새김 무늬를 넣었으며, 에나멜로 광택을 내고 보석으로 장식한 커다란 메달들이 잔뜩 붙어 있었다. 이 침대는 소비에스키가 빈으로 진격하기 전에 터키군 진영에서 탈취한 것으로 원래는 침대 덮개 지붕에서 반짝이며 흔들리는 금박 장식 아래에는 마호메트의 군기가 세워져 있었다고 한다.

도리언은 꼬박 1년 동안 직물과 자수품 중에서 자신이 찾을 수 있는 가장 훌륭한 것들을 수집했다. 결국에 그는 금실로 손바닥 모양의 나뭇잎을 정교하게 수놓고 그 위에 무지갯빛 딱정벌레 날개를 꼼꼼하게 바느질해 만든 우아한 델리산 모슬린, 특유의 투명함으로 인해 동양에서는 '공기로 짠 천', '흐르는 물', '저녁 이슬' 등으로 알려진 다

카산 거즈, 기묘한 문양이 있는 자바산 직물, 정교하게 수놓은 노란 중국산 벽걸이 천, 황갈색 공단 혹은 깨끗한 푸른색 실크로 장정을 하고 백합 문장과 새, 다양한 이미지를 수놓은 책들, 헝가리제 바늘로 뜬 레이스 베일, 시칠리아의 비단과 빳빳한 스페인 벨벳, 금박 입힌 동전이 사용된 조지 왕조 시대의 자수품, 초록빛이 감도는 금색에 환상적인 깃털을 지닌 새를 수놓은 일본 보자기 등을 입수했다.

또한 그는 교회 예배에 관련된 것에 관심이 많았기에, 특히 성직자의 예복에 각별한 열정을 쏟았다. 그는 자신의 저택 서쪽 복도에 늘어선 기다란 삼나무 옷장에 '그리스도교의 신부'가 입는 예복의 표본이라고 할 만한 아름다운 옷들을 잔뜩 보관하고 있는데, 그 '신부'는 스스로 찾아 나선 고행과 자기 몸에 가한 고통의 상처로 야위고 쇠약해진 창백한 몸을 감추기 위해서라도 보석으로 치장하고 자줏빛의 섬세한 아마포 옷을 입어야만 했다.

도리언은 여섯 개의 꽃잎을 가진 일정한 모양의 꽃들에 황금빛 석류 무늬가 반복해서 나타나고 그 뒤로 양쪽에 작은 진주알로 파인애플 무늬를 진홍색과 금실로 수놓은 길고 화려한 15세기 이탈리아 사제복도 가지고 있었다. 성모마리아의 일생을 표현한 장면들이 수놓아진 성직자의 제복에 두르는 장식 띠, 성모마리아의 대관식 장면이 수놓아진 색색의 실크 두건이 세트였다. 또 다른 사제복은 녹색 벨벳으로 만들었는데 줄기가 긴 하얀 꽃들이 뻗어 나온 아칸서스 잎들이 모여 만든 하트가 은색실과 색색의 수정실로 섬세하게 수놓아져 있었다. 제의에 달린 보석 단추에는 금실로 도드라지게 수놓은 천사의 머리가 금실로 수놓아져 있었다. 이 사제복에 두르는 장식 띠는 성 세바스천을 비롯한 많은 성인과 순교자들의 초상화가 원형으로 돋을새김 되어 있고 붉은색과 금색 비단이 마름모꼴로 짜인 모양이었다. 그는 호박색 실크와 파란색 실크, 금색 비단, 노란색 실크, 금란으로 만든 제의도 가지고 있었다. 그 위에는 그리스도가 수난을 겪고 십자가에 못 박힌 장면과 사자, 공작을 비롯한 여러 가지 상징들이 함께 수놓아져 있었다. 흰색 공단과 분홍색 비단으로 만든 다마스크에 튤립과 돌고래, 백합 문장이 장식된 부제복

과, 진홍색 벨벳과 파란색 린넨으로 만든 제단의 앞 장식
천, 성체포와 성배 덮개, 그리고 성녀 베로니카의 손수건
들도 많이 가지고 있었다. 이런 것들이 사용되는 신비로
운 의식에는 그의 상상력을 자극하는 무언가가 존재했다.

　이런 귀중품과 그가 자신의 아름다운 저택에 수집해 둔
많은 물건들은 그에게 망각의 수단이 되었고, 때로는 감
당하기 벅찬 공포로부터 벗어나게 해주는 하나의 수단이
었던 것이다. 그는 어린 시절에 그토록 많은 시간을 보냈
고 지금은 외롭게 잠겨 있는 방의 벽에 자기 인생의 진정
한 삶의 타락을 보여주는 초상화를 직접 걸고 얼굴이 변하
는 그 끔찍한 그림 앞에 자주색과 금색의 장막을 커튼처럼
쳤다. 몇 주 동안 그 방에 들어가지 않고 그 무서운 그림
을 까맣게 잊으며 가벼운 마음으로 황홀한 기쁨을 찾아 삶
에 열정적으로 달려들곤 했다. 그러다가 어느 날 밤 갑자
기 집을 슬그머니 빠져 나와 블루 게이트 필즈(당시에는 아
편굴이었다) 근처 지저분한 곳을 돌아다니며 하루든 이틀
이든 쫓겨날 때까지 그곳에 머물고는 했다. 집에 돌아오면
그림 앞에 앉아 때로는 그림과 자신을 모두 혐오하기도 했

지만 보통은 이기적인 자만심으로 가득 차서 죄악의 황홀
감을 만끽하듯 자신이 짊어졌어야 할 짐을 대신 짊어진 흉
측한 그림을 보며 은밀한 쾌감에 웃곤 했다.

몇 년이 흐른 뒤 오랫동안 영국을 떠나 있는 게 힘들게
된 도리언은 헨리 경과 함께 소유했던 프랑스 트루빌에 있
는 빌라뿐만 아니라 여러 해 겨울을 함께 보냈던 알제리
수도 알제에 있는 하얀 집도 포기했다. 자기 삶의 일부분
이 된 초상화와 떨어져 있기도 싫었지만 꼼꼼하게 빗장까
지 설치한 그 방에 누군가 접근할까 봐 두려웠던 것이다.

그는 사람들이 초상화를 봐도 아무것도 못 알아낼 거
라는 걸 잘 알고 있었다. 아무리 추하고 역겨운 얼굴이라
하더라도 초상화의 표정 아래 그의 얼굴과 닮은 구석이
있는 건 사실이다. 하지만 그렇더라도 그 정도로 사람들
이 무엇을 알아낼 수 있을까? 자신을 조롱하려는 자가 있
다면 그자를 비웃어 줄 것이다. 그 초상화는 자기가 그린
것도 아니었고 그것이 추하고 혐오스럽더라도 그게 그에
게 무슨 상관이란 말인가? 설령 사람들에게 사실을 털어
놓는다고 해도 누가 그 말을 믿을까?

하지만 그래도 그는 두려웠다. 가끔 노팅엄셔에 있는 자신의 대저택에 머물면서 자신과 비슷한 계급의 사교계 젊은이들을 대접하면서, 유난히 사치스럽고 호화로운 생활 방식으로 그 지역 사람들을 깜짝 놀라게 하다가도, 갑자기 손님들을 내버려두고 런던으로 돌아와 혹시라도 누군가 문을 건드린 것은 아닌지, 그림이 여전히 방 안에 있는지 확인하고는 했다. 그림을 도둑맞으면 어쩌나 하는 생각만으로도 두려움에 등골이 오싹했다. 그림을 도둑맞으면 분명히 세상 사람들은 그의 비밀을 알게 될 것이다. 어쩌면 벌써 사람들이 알아챈 것인지도 모른다.

왜냐하면 그가 많은 사람들을 매혹시킨 건 사실이지만 그를 신뢰하지 않는 사람도 많기 때문이었다. 출신과 사회적 지위로 보면 회원이 될 자격이 충분히 있는데도 웨스트엔드 클럽에서 하마터면 제명당할 뻔했다.

언젠가는 한 친구가 이끄는 대로 처칠 클럽의 흡연실에 들어섰는데 베릭 공작과 다른 신사 한 명이 노골적으로 불쾌감을 보이며 자리에서 벌떡 일어나 나가 버렸다. 스물다섯 살이 된 이후로 그에 관한 이야기들이 나돌기 시작했다. 화이트채플 변두리의 추잡한 소굴에서 그가 외국 선원들과 싸움하는 모습을 봤다는 이야기, 도둑들이나 화폐 위조범들의 돈벌이 비밀을 속속들이 알 만큼 그들과 자주 어울린다는 이야기 등이었다. 그가 이상할 정도로 자주 오랫동안 집을 비우면 나쁜 소문이 돌았고, 다시 사교계에 나타나면 구석에서 자기들끼리 쑥덕거리거나, 비웃으면서 그의 곁을 지나치거나, 아니면 그의 비밀을 찾아내기로 마음먹은 듯 차갑고 날카로운 눈초리로 그를 바라보곤 했다.

물론 그는 그런 무례한 언행이나 의도적인 경멸에 대해 전혀 신경을 쓰지 않았다. 대부분의 사람들은 그를 둘러싼 악담에 대해 그가 보이는 솔직 담백하고 상냥한 태도, 정중함, 매력적인 천진난만한 미소, 절대 그에게서 떠날 것 같지 않은 아름다움이 풍기는 우아함이 비방에 대한 충분한 답변이라고 생각했다. 그러나 그와 친하게 지냈던 사람들 중에 일부가 어느 정도 시간이 지나자 그를 피한다거나, 또한 앞뒤 안 가리고 그를 좋아했던 여자들, 그렇기 때문에 그에 대한 사회적 비난과 지성의 관습에

용감하게 맞섰던 여자들도 도리언 그레이가 방 안에 들어서면 수치심이나 혐오감으로 얼굴이 하얗게 질리는 모습을 보이기도 했다.

하지만 많은 사람의 눈에는 이처럼 떠도는 추문들이 오히려 그의 기이하고 별난 매력만 더욱 강화시켜 줄 뿐이었다. 그의 막대한 재산이 그를 보호해 주는 역할을 하기도 했다. 일반 사회, 적어도 문명화된 사회에서는 부자이면서 매력적인 사람들을 해치는 그 어떤 것도 믿으려 하지 않는다. 도덕보다 태도가 더 중요하다고 본능적으로 느끼며 고결한 인격보다 훌륭한 요리사를 고용하는 것이 훨씬 가치 있는 일이라고 여긴다. 결국 형편없는 식사, 싸구려 와인을 대접한 사람에게 사생활에서는 흠잡을 데가 없다고 말하는 것은 아주 서툰 위로라는 것이다.

언젠가 이런 주제를 두고 헨리 경과 토론을 했을 때 인간의 기본 덕목도 반쯤 식은 전채요리를 보상해 주지는 못한다고 했던 헨리 경의 견해에 수긍할 만한 점이 많았다. 좋은 사회의 규범은 예술의 규범과 같아야 하기 때문이었다. 사회규범에 있어서 형식은 비현실성과 함께 의식

적인 위엄도 있어야 하고, 낭만주의 연극의 가식적인 특
성은 물론 그런 연극을 보며 즐거움을 느낄 수 있게 해주
는 재치와 아름다움까지 두루 갖춰야 한다. 그런데 가식
이 그렇게 끔찍한 것인가? 그렇지 않다. 가식은 각자의 개
성을 돋보이게 하는 하나의 방법에 지나지 않는다.

어쨌든 도리언의 견해는 이런 것이었는데, 그는 인간의
자아를 단순하고 영원하며 신뢰할 수 있는 하나의 본질을
지닌 것으로 여기는 사람들의 얄팍한 심리에 대해 놀랍
게 여기곤 했다. 그에게 인간은 무수한 생활과 감정을 가
진 존재이며, 사상과 정열의 이상한 유산을 품고 죽은 이
들의 괴상한 질병에 감염된 육체를 가진 복잡하고 다양한
생명체였다. 그는 쓸쓸한 시골 저택의 서늘한 화랑을 천
천히 거닐며 자신의 혈관에 흐르는 피를 물려준 조상들의
초상화를 살펴보는 것을 무척 좋아했다. 그중에는 프랜시
스 오즈번이 자신의 책『엘리자베스 여왕과 제임스 왕의
치세에 대한 회고록』에서 '잘생긴 외모로 왕실의 총애를
받았으나 그 미모가 오래 가지 않았다'고 기록된 필립 허
버트의 초상화도 있었다. 혹시 도리언 자신이 이따금 젊

은 허버트의 인생을 살고 있는 것은 아닐까? 어떤 이상한 독성 균이 몸에서 몸으로 전해져 결국 자신에게까지 온 것은 아닐까? 바질 홀워드의 화실에서 아무 이유도 없이 내뱉어 자신의 인생을 뒤바꾼 얼빠진 기도를 하게 만든 것은 파괴된 아름다움에서 나온 것일까? 하고 생각했다.

그곳에는 앤서니 셰라드 경의 초상화도 있었다. 금실로 수놓은 붉은 더블릿 조끼에 주름진 칼라와 보석 박힌 겉옷을 입고 소매 끝둥에는 금테를 두르고 있었다. 이 남자로부터 자신이 물려받은 것은 무엇일까? 나폴리의 조반나 여왕의 연인이었던 그가 자신에게는 죄악과 수치감을 유산으로 남겨 준 것일까? 자신이 행동하는 모든 것들은 죽은 이들이 실현하지 못했던 꿈에 불과한 것일까?

거즈로 만든 두건을 쓰고 진주로 치장한 가슴받이를 착용하고, 소맷부리를 살짝 터놓은 분홍색 옷을 입은 엘리자베스 데버루 부인이 빛바랜 캔버스 속에서 미소 짓고 있었다. 그녀는 오른손에 꽃 한 송이를 들고 왼손에는 흰색과 연분홍색 장미 장식이 있는 에나멜 목걸이를 쥐고 있었다. 그녀의 옆 탁자에는 만돌린과 사과가 놓여 있고 끝이 뾰족한 작은 구두에는 커다란 초록색 장미 모양의 리본이 장식되어 있었다. 그는 그녀의 일생, 그녀의 연인들에 대한 이상한 소문들을 알고 있었다. 그녀의 독특한 기질을 자신에게도 물려준 것은 아닐까?

두꺼운 타원형의 눈꺼풀이 호기심에 찬 것처럼 자신을 바라보는 듯 했다. 머리에 분을 바르고 얼굴에 특이한 반점들이 난 조지 윌러비는 어떠한가! 어쩌면 이렇게 사악하게 생겼을까? 거무튀튀한 얼굴은 음침해 보이고 두툼한 입술은 경멸감에 일그러져 보였다. 지나치게 많은 반지를 낀 손 위로 섬세한 레이스 주름 장식이 흘러내렸다. 18세기 유럽 대륙풍으로 치장한 멋쟁이였으며, 젊은 시절에는 페라스 경의 친구였다. 그렇다면 섭정 왕자인 조지 4세가 가장 방탕했던 시절의 친구였으며, 왕자가 피츠허버트 부인과 비밀 결혼을 할 때는 증인들 중 한 명으로 참석하기도 했던 베케넘 2세는 어떤가? 밤색 곱슬머리에 오만한 자세를 가진 그는 얼마나 당당하고 잘생겼나! 그는 어떤 열정을 물려주었을까? 세상은 그를 파렴치한으로 몰았다. 그는 칼턴 하우스에서 광란의 주연을 이끈 주동자였다. 그의 가슴에서는 가터 훈장의 별이 빛났다. 그의 옆에는 검은 옷차림에 창백하고 얇은 입술을 가진 그의 아내의 초상화가 걸려 있었다. 그녀의 피도 역시 도리언 몸속에 흘렀다. 이 모든 일이 얼마나 기이해 보이는가! 그리고 해밀턴 부인을 닮은 자신의 어머니, 와인을 적셔 놓은 듯 촉촉한 입술을 가진 어머니도 있었다.

그는 자신이 어머니에게서는 무엇을 물려받았는지 알았다. 자신의 미모와 다른 사람의 미모에 대한 열정을 물려받은 것이다. 어머니는 바커스 신의 여사제가 입는 헐렁한 드레스를 입고 그를 바라보며 희미하게 웃고 있었다. 머리카락은 포도나무 잎들로 치장되어 있고 그녀가 들고 있는 잔에서는 진홍빛 포도주가 흘러내렸다. 그림 속 카네이션은 색이 탁해졌지만 눈동자 색깔만은 놀랍게도 깊고 또렷하게 빛나서 그가 어디로 가든 그를 쫓아올 것만 같았다.

그러나 혈통만이 아니라 문학 속에서도 조상이 있기 마련이다. 유형과 기질적인 면에서 자기와 가까운 인물들, 스스로 생각하기에 자기에게 영향을 많이 끼쳤다고 생각되는 인물들이 많이 있다. 가끔 도리언은 역사 자체가 자신의 삶을 기록한 것은 아닐까 하는 생각이 들 때가 있었다. 실제로 그 상황 속 삶을 살았다는 것이 아니라 그의 상상력이 그를 위해 창조한 역사, 두뇌와 열정 속에서 만들어 낸 삶의 자취가 역사가 아닌가 생각되었다. 역사 속 모든 인물들, 세계라는 무대 속에서 죄악을 그토록 경이롭게 만들고 악을 신비함이 가득 찬 것으로 만든 무시무시하고 기이한 인물들을 예전부터 잘 알고 있는 것처럼 느껴졌다. 설명하기는 어렵지만 왠지 그들의 삶이 자신의 삶이었던 것처럼 느껴졌다.

그의 삶에 큰 영향을 주었던 그 놀라운 소설의 주인공 역시 이처럼 기이한 공상을 경험했다. 7장에서 주인공은 난쟁이들과 공작새들이 뽐내면서 자신의 주위를 돌아다니고 피리 부는 사나이가 향로를 흔드는 사람을 조롱하는 동안, 자신이 벼락을 맞지 않으려고 월계관을 쓰고 티베리우스처럼 카프리 섬 정원에서 엘레판티스의 외설적인 책들을 읽고 있었다는 이야기를 해준다. 또 주인공은 로마의 황제 칼리굴라처럼 녹색 셔츠를 입은 경마 기수들과 마구간에서 술을 진탕 마시기도 하고, 보석으로 이마를 장식한 말과 함께 상아 여물통에 담긴 저녁 식사를 하기도 했다. 도미티아누스처럼 살면서 거부라곤 당해 보지 않은 사람만이 느끼는 권태로움에 시달렸는데 자신의 생을 마감해 줄 단검이 거울에 비치지 않을까 광포한 눈으로 주변을 둘러보면서 대리석 거울이 줄지어 있는 복도를 배회하기도 했다. 또한 투명한 에메랄드를 통해 원형 극장에서 벌어진 유혈이 낭자한 모습을 들여다보기도 했고, 은 편자를 박은 노새들이 끄는 진주색과 자주색 가마에 실려 석류나무 거리를 지나 황금의 집까지 이동하면서 사람들이 외치는 '네로 황제 만세'라는 소리를 듣기도 했다. 엘라가발루스처럼 얼굴에 갖가지 색으로 화장을 했고 여자들 틈에 끼어 물레도 돌리고, 카르타고에서 달을 데려와 해에게 시집을 보내기도 했다.

도리언은 이 환상적인 내용이 담긴 장과 이어지는 두 개의 장을 여러 번 읽고 또 읽었다. 그 두 개의 장은 어떤 진귀한 태피스트리나 정교한 에나멜 장식품처럼 악덕과 피, 피로 때문에 괴물이 되거나 미쳐 버린 사람들의 끔찍하고도 아름다운 모습을 표현하고 있었다. 밀라노의 공작 필리포는 아내를 죽이고, 아내의 입술에 주홍색 독을 발라 두어 아내의 연인이 입을 맞출 때 함께 죽도록 했다. 바오로 2세로 알려진 베네치아 사람 피에트로 바르비는 허영심 때문에 포르모소의 자리를 얻으려고 애썼는데 그렇게 무서운 죄를 짓고 얻은 교황직은 20만 플로린이나 되는 가치를 가졌다. 지안 마리아 비스콘티는 살아 있는 사람들을 사냥개를 시켜 뒤쫓게 했다. 결국 그는 살해되었는데 그를 사랑했던 어느 매춘부가 장미로 덮어 주었다. 형제를 죽인 살해범을 데리고 백마를 타고 페로토의 피로 젖은 망토를 입은 보르자, 교황 식스투스 4세가 총애하는 아들이며 피렌체의 젊은 추기경이었던 피에트로 리아리오는 상당한 미모를 자랑했는데 그만큼 방탕하기도 했다. 님프와 켄타우로스로 분장한 사람들이 가득 찬, 흰색과 진홍색 비단으로 만든 큰 천막 안에서 아라곤의 레오노라를 맞아들였다. 게다가 연회에서 시중드는 소년을 가니메데스나 헤라클레스의 힐라스처럼 분장시켰다. 다른 사람들이 붉은 포도주에 열광하듯 붉은 피에 열광해서 사람이 죽는 광경을 봐야만 우울증이 가라앉던 에첼린은 악마의 아들로 자신의 영혼을 걸고 아버지와 도박을 할 때 주사위에 속임수를 썼다고 전해진다.

잠바티스타 치보는 조롱을 받으며 교황이 되었는데 혈액이 원활하게 돌지 않자 유대인 의사의 도움을 받아 소년 세 명의 피를 수혈 받았다. 이소타의 연인이며 리미니의 영주였던 시지스몬도 말라테스타는 신과 인간의 적대자로 여겨져 로마에서 그의 형상이 불태워졌다. 그는 폴리세나를 냅킨으로 목 졸라 죽였고, 에메랄드 컵에 독을 넣어 지네브라 데스테에게 건넸으며, 자신의 추잡한 열정에 이끌려 그리스도를 숭배하는 이단 교회를 건립하기도 했는데 신과 인간의 적대자로 여겨 로마에서는 그의 형상을 불태웠다. 형수를 열렬히 사모한 샤를 6세는 나환자가 예언한 대로 뇌에 병이 생겨 점점 이상한 행동을 보였는데 사랑과 죽음과 광기의 상이 그려진 사라센 카드로만 마음을 달랠 수 있었다.

짧고 깔끔한 상의를 입고 보석으로 장식한 모자에 아칸서스 모양 곱슬머리를 한 그리포네토 바그리오니는 아

내와 함께 아스토레를 살해했고 시동과 함께 시모네토를
살해했다. 그러나 노란색 페루자 광장에 누워 죽어갈 때
는 그를 증오하던 사람들조차 눈물을 터뜨렸고 그를 저주
하던 아탈란타도 명복을 빌만큼 아름다운 외모를 지녔다
고 한다.

이들 모두에게는 섬뜩한 매력이 있었다. 도리언이 밤
에 그들을 보고 나면 낮에는 그들이 그의 상상력을 괴롭
혔다. 르네상스 시대 사람들은 기묘한 형태의 독살 방법
들을 알고 있었다. 투구나 불붙은 횃불에 의한 독살, 수를
놓은 장갑이나 보석에 의한 독살, 금박을 입힌 포맨더나
호박 목걸이에 의한 독살 따위의 방법이 있었다. 도리언
그레이는 한 권의 책에 중독되어 빠져나오지 못하고 있었
다. 가끔 그는 악이란 그저 아름다움에 대한 자신의 생각
을 실현할 수 있는 하나의 방법일 뿐이라고 여기곤 했다.

제12장

화가의 충고

그날은 11월 9일로 훗날 그가 가끔 떠올리곤 하던 서른 여덟 번째 생일 전날이었다. 그는 헨리 경의 집에서 저녁을 먹고 열한 시경 집으로 가는 길이었는데 추운 데다 안개가 자욱하게 끼어 두꺼운 모피로 온몸을 감싸고 있었다. 그로스브너 광장과 사우스 오들리 가 사이 모퉁이에 이르렀을 때, 안개 속에서 회색 얼스터 코트의 옷깃을 세운 한 남자가 빠른 걸음으로 그를 스쳐 갔다. 남자는 손에 가방을 하나 들고 있었는데 도리언은 그가 누구인지 알아보았다. 바로 바질 홀워드였다. 말로 뭐라 설명하기 어려운 공포가 도리언을 엄습했다. 그는 못 본 척 집을 향해 계속 걸었다.

하지만 홀워드 역시 그가 누군지 알아본 모양이었다. 도리언은 홀워드가 서둘러 자신을 뒤쫓아 오는 소리를 들었다. 잠시 후 도리언은 홀워드에게 팔을 붙들리고 말았다.

"도리언! 정말 다행일세. 9시부터 자네 서재에서 기다렸다네. 그런데 자네 하인이 너무 피곤해 보여서 그만 자라고 말하고는 나왔지. 오늘 밤에 자정 열차를 타고 파리로 떠날 거야. 그래서 떠나기 전에 자네를 꼭 보고 싶었네. 자네가 내 곁을 스쳐 지나는 순간 혹시 자네가 아닐까, 자네의 모피 코트가 아닐까 생각했지. 하지만 확신을 할 수가 없었는데. 자네는 나를 못 알아본 건가?"

"바질, 이런 안개 속에서 알아볼 수가 있나요? 음, 나는 그로스브너 광장인 줄도 몰랐어요. 내 집이 이 근처 어디일 거라는 것만 알 뿐 정확한 위치도 몰랐는걸요. 오랜만에 만났는데 멀리 떠난다니 섭섭하네요. 하지만 곧 돌아오실 거죠?"

"아니야, 6개월 동안 영국을 떠나 있을 예정일세. 파리에 화실을 하나 구해서 머릿속에 담아둔 위대한 그림을 완성할 때까지는 거기 틀어박혀 있을 생각이야. 하지만 내가 자네를 찾은 건 내 이야기를 하려는 것이 아닐세. 어느새 자네 집 앞인데 잠깐 들렀다 가도 될까? 할 말이 있는데."

"그럼요. 그런데 그러다가 기차 놓치는 거 아니에요?"

도리언 그레이는 계단을 올라가 현관 열쇠로 문을 열며 심드렁한 목소리로 말했다. 램프 불빛이 안개를 뚫고 희미하게 비쳐와 홀워드는 시계를 볼 수 있었다.

"시간은 아직 많이 남았네."

그가 대답했다.

"기차는 12시 15분 출발이거든. 지금은 겨우 열한 시야. 실은 아까 자네를 만났을 때 클럽에 가던 중이었네. 자네를 찾으려고 말이지. 자네도 알다시피 무거운 짐은 모두 미리 보내놓았기에 짐 때문에 시간이 지체될 염려는 없어. 가져갈 것은 이 가방이 전부야. 빅토리아 역까지는 20분이면 충분히 갈 수 있어."

도리언이 그를 보며 미소를 지었다.

"최고 화가의 여행 방식이로군요. 글래드스턴 여행 가방 하나와 얼스터 코트 한 벌이라! 자, 들어오세요. 안 그러면 안개가 집 안으로 들어오겠어요. 심각한 얘기는 하지 않으셨으면 좋겠어요. 요즘은 심각한 일이 없잖아요. 아니, 심각할 필요도 없어요."

홀워드는 고개를 저으며 집 안으로 들어서 도리언을 따라 서재로 들어갔다. 커다란 벽난로에서 장작불이 활활 타오르고 있었다. 램프에는 불이 켜져 있고 상감 세공을 한 작은 탁자 위엔 뚜껑이 열린 네덜란드산 은색 술 상자가 열린 채 소다수 병들과 커다란 세공 유리잔이 함께 놓여 있었다.

"도리언, 자네 하인이 참 편하게 대해 주더군. 금빛 물부리가 달린 자네의 최고급 담배도 주고, 내가 원하는 건 뭐든 갖다 주었다네. 정말 친절한 사람이야. 전에 있던 프랑스인보다 훨씬 마음에 들더군. 그런데 그 프랑스인 하인은 어찌된 건가?"

도리언은 어깨를 으쓱했다.

"래들리 부인의 하녀와 결혼하고 파리로 가서 거기에

다 아내에게 영국식 양장점을 차려 줬대요. 듣기로는 요즘 그곳에 영국풍이 유행을 한다는데. 프랑스 사람들, 멍청한 것 같지 않아요? 어쨌든 나쁜 하인은 아니었어요. 당신도 아실 걸요? 나는 그를 좋아하지도 않았지만 불평할 일도 없었어요. 사람들은 종종 터무니없는 일들을 상상해 내기도 하죠. 그는 정말 헌신적이었고 떠날 때 섭섭해 하기도 했어요. 소다수를 탄 브랜디 한 잔 더 하실래요? 아니면 셀처 탄산수를 넣은 라인 지방산 백포도주를 드릴까요? 난 항상 그 포도주를 마시거든요. 옆방에 좀 남아 있을 거예요."

"고맙지만. 그만 마시도록 하지."

홀워드는 모자와 외투를 벗어 구석에 놓아둔 가방 위로 던졌다.

"이보게. 이제 자네와 진지하게 얘기를 하고 싶구면. 그렇게 인상 쓰지 말게나. 그럼 얘기 꺼내는 게 어려워지잖나."

"무슨 얘기를 하시려고요? 내 얘기는 아니었으면 좋겠네요. 오늘 밤은 나 자신이 싫거든요. 아예 다른 사람이 되었으면 좋겠어요."

도리언이 소파에 털썩 앉으며 퉁명스럽게 말했다.

"자네에 대한 이야기일세. 꼭 해야겠으니 30분만 시간을 주게."

홀워드가 진지한 목소리로 말했다. 도리언은 한숨을 쉬고 담배에 불을 붙였다.

"30분이라고요!"

"도리언, 그 정도면 무리한 부탁은 아니겠지. 게다가 이건 다 자네를 위한 이야기일세. 자네도 이 런던에 끔찍한 이야기가 나돌고 있다는 것을 알아야 할 것 같아서 말이야."

"그런 소문 따위는 알고 싶지 않아요. 다른 사람들의 추문이라면 흥미롭겠지만 제 이야기라면 관심 없어요. 나에 대한 추문 같은 건 신선한 매력이 없거든요."

"도리언, 자네는 분명 관심을 갖게 될 거야. 신사라면 누구나 자신의 평판에 관심을 가질 수밖에 없지. 사람들이 자네에 대해 비열하다느니 타락했다느니 하는 소리를 듣기 원하는 것은 아닐 테지. 물론 자네는 지위도 있고 재산도 있고 원하는 모든 걸 가졌지. 하지만 지위와 재산이 전부가 아니라네. 아무튼 내가 그런 소문 따위는 전혀 안 믿는다는 걸 알아줬으면 좋겠어. 적어도 자네를 보고 있으면 그런 소문을 도저히 믿을 수가 없거든. 죄는 얼굴에 드러나기 마련이라 감출 수가 없어. 사람들은 간혹 드러나지 않는 은밀한 악에 대해 말들을 하지만 그런 건 없어. 어떤 비열한 인간이 악을 행했다면 입술 선이나 축 처진 눈꺼풀, 손 모양 같은 데에 저절로 나타나는 거지. 이름을 밝히지는 않겠네만 자네도 아는 어떤 사람이 작년에 찾아와 초상화를 그려 달라고 했네. 그전까지는 본 적도 없고 그에 대한 이야기도 들은 게 없었어. 그 이후에야 많은 소문을 들었지만 말이야. 아무튼 그는 내게 엄청난 돈을 제시했지만 내가 거절했어. 그의 손가락 생김새가 마음에 안 들었거든. 이젠 그에 대한 내 생각이 옳았다는 걸 알고 있네. 지금 그의 삶이 아주 끔찍하거든. 하지만 도리언, 자넨 순수한 밝은 얼굴, 천진난만함과 평온한 젊음이 드러나는 얼굴을 간직하고 있네. 자네를 보고 있으면 험악한 소문들을 조금도 믿을 수가 없어. 하지만 요즘은 자네를 거의 못 보고 있고, 자네도 내 화실에 찾아오는 법이 없으니 내가 자네와 떨어져 있을 때 사람들이 수군거리면 뭐라고 해야 할지 모르겠더군. 자네가 클럽으로 들어가면 베릭 공작 같은 사람들이 나가 버린다니 대체 어찌된 일인가? 또한 런던의 많은 신사들이 자네의 집을 찾지도 않고, 자신들의 집에 자네를 초대하지도 않는다니 어찌된 일인가? 자네 친구였던 스테블리 경을 지난주 만찬회에서 만났다네. 자네가 더들리 화랑 전시회에 빌려 준 세밀화에 대해 이야기를 나누고 있는데 우연히 자네 이름이 나오니까 입술을 비죽거리면서, 자네의 예술적 취향은 최고일지 몰라도 절대로 순결한 아가씨에게 소개하면 안되고 정숙한 여인과 한 방에 같이 있게 해도 안 된다고 말하더군. 나는 그에게 자네 친구라는 사실을 일깨워 주고 무슨 뜻으로 한 말이냐고 물어보았네. 그가 다른 모든 사람 앞에서 분명하게 말하더군. 정말 끔찍했다네. 왜 자네와 우정을 맺은 젊은이들은 하나같이 비참하게 파멸하는 건가? 절친한 친구였던 근위대 소속 청년은 자살을 하고, 친했던 헨리 애슈턴 경은 명예를 더럽힌 채 영국을 떠나야 했다면서 자넨 그와도 아주 친한 사이였다고 하더군. 에이드리언 싱글턴이 맞은 끔찍한 최후는 무엇이며, 켄트 경의 외아들과 그의 경력에 관한 얘기는 또 뭔가? 나는 어제 세인트 제임스 가에서 그의 아버지를 만났네. 그 사람은 수치심과 슬픔으로 몸과 마음이 온전치 않은 듯했어. 젊은 퍼스 공작 얘기는 또 뭐고? 요즘 그가 어떻게 살고 있느냔 말일세. 어떤 신사가 그런 자와 어울리겠나?"

"바질, 그만해요. 당신은 알지도 못하면서 말씀하시는군요."

도리언 그레이는 입술을 깨물며 경멸을 잔뜩 담은 목소리로 말했다.

"내가 클럽에 들어가면 베릭이 왜 나가느냐고 물었나요? 그건 그가 내 생활을 아는 게 아니라, 내가 베릭의 사생활을 모조리 알기 때문이에요. 그의 혈관에 흐르는 피가 그따위인데 어떻게 깨끗한 생활을 할 수 있겠어요? 헨리 애슈턴과 젊은 퍼스에 대해서도 물어봤지요? 내가 애슈턴에게 나쁜 짓을 가르치고 퍼스를 방탕한 생활로 이끌기라도 했단 말인가요? 켄트의 멍청한 아들이 창녀를 아내로 삼든 말든, 그게 나와 무슨 상관입니까? 에이드리언 싱글턴이 청구서에 자기 친구 이름을 도용하든지 말든지 그게 나랑 무슨 상관이 있겠어요? 내가 그의 보호자라도 됩니까? 영국 사람들이 어떻게 떠들어대는지 다 알아요. 중산층 사람들은 형편없는 저녁을 먹으면서 상류층의 방탕한 생활을 늘어놓고 도덕주의자들인 척하죠. 그 사람들이 그러는 건 자기들도 상류층에 속하고 싶고 그 사람들과 친해지길 바라기 때문이라고요. 이 나라에서는 빼어난 외모를 가졌거나 비상한 두뇌를 가져도 사람들 입방아에 오르내린다니까요. 도덕군자인 척하는 이 사람들은 대체 어떻게 산답니까? 이봐요, 바질. 당신은 우리가 위선의 본고장에서 산다는 걸 잊으셨군요?"

"도리언, 그게 문제가 아니야."

홀워드가 크게 소리쳤다.

"영국이 부정한 나라라는 걸, 영국 사회가 정말 심각한 문제가 있다는 걸 나도 잘 알아. 그래서 자네가 더 올바르게 살기를 바라는 걸세. 하지만 자네는 바르게 살고 있지 않아. 우리는 어떤 사람을 그가 친구들에게 미치는 영향을 보고 판단할 권리가 있지. 그런데 자네의 친구들은 명예, 선함, 순수함 같은 감각을 모두 잃어버린 것 같더군. 자네는 그들을 쾌락의 구렁텅이에 빠져들게 했어. 깊은 수렁에 빠지고 만 거야. 자네가 그들을 그렇게 수렁으로 이끌어 놓곤 미소를 짓고 있군. 하지만 이보다 더 나쁜 일도 있다네. 자네가 해리와 뗄 수 없는 절친한 사이라는 걸 잘 알아. 다른 건 차치하고라도 바로 그런 이유 하나 때문에라도 자넨 그의 누이동생의 이름을 웃음거리로 만들지 말아야 했어."

"바질, 말조심하세요. 너무 지나치군요."

"이 말은 꼭 해야겠네. 자네는 내 말을 들어야 해. 자네가 그웬돌렌 부인을 만났을 때만 해도 그녀는 추문에 전혀 연루된 적이 없는 여자였네. 하지만 지금 하이드파크에서 그녀와 어울릴 만한 여인들 중에 정숙한 여인이 한 명이라도 있는가? 음, 심지어 그녀는 자식들과 함께 사는 것조차 금지되었어. 다른 이야기도 있네. 새벽녘에 자네가 아주 추잡하고 더러운 매음굴에서 슬그머니 빠져나오는 것을 봤다는 얘기, 변장을 한 채 런던에서 가장 역겨운 소굴로 몰래 가는 것을 봤다는 얘기들 말이야. 이런 소문들이 사실인가? 사실이냐고 물었네! 처음에 그 얘길 들었을 땐 그저 웃고 말았지만 지금은 몸서리가 쳐진다네. 자네의 시골 저택은 어떤가? 그곳에서의 생활은 어떻고? 도리언, 자넨 자네에 대해 어떤 소문이 나돌고 있는지 몰라. 자네에게 설교할 마음이 없다고는 안 하겠네. 언젠가 해리가 그랬었지. 누구나 처음엔 항상 설교할 마음이 없다는 말로 시작하지만 어느새 자기가 한 말을 어기고는 미숙한 목사로 변한다고 말이야. 나는 자네에게 설교를 하고 싶네. 난 자네가 세상 사람들로부터 존경을 받을 만한 삶을 살았으면 좋겠어. 이름을 더럽히지 않고 훌륭한 경력을 쌓길 바라네. 자네가 어울리는 나쁜 친구들을 그만 멀리 했으면 좋겠네. 그렇게 어깨를 으쓱거리지 말게. 자네와 상관없는 일이라는 표정도 짓지 말고. 자네에겐 굉장한 영향력이 있는데 그걸 악이 아닌 선을 위해 쓰길 바라네. 자네가 친밀하게 지내는 사람들은 모두 타락시킨다고 하더군. 어떤 집에 들어가기만 해도 그 집에 수치가 뒤따른다고 하더군. 그 말이 사실인지 아닌지는 잘 모르겠네. 내가 어찌 알겠나? 하지만 사람들이 그렇게 수군거리고 있는 건 사실이야. 의심할 수 없는 이야기도 들었네. 글로스터 경은 옥스퍼드 대학 시절에 가장 친한 친구들 중 한 명이었지. 그의 아내가 멘톤 가의 별장에서 혼자 죽어 갈 때 쓴 편지를 그 친구가 보여 줬어. 내가 읽은 고백의 글 가운데 가장 끔찍한 글이었는데 거기 자네 이름이 언급되어 있더군. 나는 그 친구에게 터무니없는 소리라고 했네. 자네를 잘 아는데 절대로 그런 짓을 할 사람이 아니라고 말했지. 그런데 내가 자네를 제대로 알고 있기는 한 건가? 그게 정말 궁금하단 말이야. 이 대답을 얻으려면 자네의 영혼을 봐야만 할 것 같군."

"내 영혼을 본다고요!"

도리언은 소파에서 벌떡 일어나 두려움으로 얼굴이 하얗게 질린 채 더듬거렸다.

"그래, 자네 영혼을 봐야겠네. 하지만 신만이 보실 수 있겠지."

홀워드는 서글픈 듯 낮은 목소리로 진지하게 말했다. 도리언에게서 조소 어린 웃음이 터져 나왔다.

"오늘 밤에 내 영혼을 보게 될 겁니다."

그는 탁자에 놓인 램프를 움켜쥐고 소리쳤다.

"따라오세요. 당신의 작품이니 보여 드릴게요. 당신이 보면 안 될 이유가 어디 있겠습니까? 원하신다면, 다 보고 나서 온 세상에 내 영혼에 대해 떠들어도 좋아요. 아마 누구도 당신 말을 안 믿겠지만 설사 믿는다고 해도 사람들은 그것 때문에 나를 더 좋아하게 될 겁니다. 당신은 어쩌고저쩌고 장황하게 떠들어 대겠지만 이 시대에 대해선 내가 더 잘 알거든요. 이리 오세요. 말해 드리죠. 타락에 대해서는 그 정도면 충분히 떠들었으니까 이젠 타락을 직접 대면해 보세요."

그가 내뱉은 말 한마디 한마디에 광기 어린 자만심이 가득했다. 그는 소년 같은 오만함으로 발을 쿵쿵 굴렀다. 자신의 비밀을 다른 사람과 공유할 것을 생각하니, 그것도 자신의 모든 수치의 근원인 초상화를 그린 사람이 자신이 무슨일을 한 것인지 그 무서운 기억을 안고 평생을 살아가리라는 생각을 하니 짜릿할 정도의 쾌감이 느껴졌다.

"그래요. 내 영혼을 보여 드리지요. 신만이 볼 수 있을 거라 했던 내 영혼을 당신도 보게 될 겁니다."

도리언이 화가에게 가까이 다가가 엄숙한 눈을 들여다 보며 말했다.

"도리언, 그런 말은 신성모독일세. 그런 말을 하면 안 되지. 끔찍하고 아무런 의미도 없는 말이야."

홀워드는 뒷걸음질을 쳤다.

"그렇게 생각하시나요?"

도리언이 다시 웃으며 말했다.

"당연하지. 오늘 밤 내가 자네에게 한 말은 모두 자네를 위한 거였네. 자네도 잘 알겠지만 나는 자네의 충실한 친구잖나."

"나에게 손대지 마세요. 할 말이 있으면 마저 하세요."

화가의 얼굴이 괴로움으로 일그러졌다. 그는 잠시 말을 멈추었다. 연민의 감정이 솟아올랐다. 자신이 무슨 권리로 도리언 그레이의 인생을 꼬치꼬치 캐물었던가! 그에 관해 떠도는 소문의 10분의 1이라도 그가 진짜로 했다면 그 자신도 얼마나 고통스러웠을까! 화가는 똑바로 일어나 벽난로로 다가가더니 서리처럼 하얀 재로 변하며 타고 있는 통나무와 너울대는 불꽃을 바라보았다.

"바질, 들어 드릴 테니 할 말 있으면 어서 하세요."

젊은이가 단호한 목소리로 말했다.

바질이 몸을 돌렸다.

"내가 하고 싶은 말은 이런 걸세."

그가 큰 소리로 말했다.

"자네에 대해 쏟아지는 온갖 끔찍한 비난에 대해 어떻게든 해명을 하란 말이야. 자네가 그런 것들은 처음부터 끝까지 새빨간 거짓말이라고 말한다면 나는 믿을 걸세. 그러니 도리언, 아니라고 말 좀 해 주게. 아니라고 말해! 자넨 내가 얼마나 고통스러운 지 안 보이나? 제발, 자네가 사악하고 타락한, 치욕스러운 사람이라고 하지 말게."

도리언 그레이는 미소를 지었는데 경멸의 뜻으로 입술을 삐죽거렸다.

"바질, 위층으로 가시죠. 내 삶을 매일 기록해 둔 일기가 있어요. 그 방에서 쓴 일기는 한 번도 그 방을 벗어난 적이 없답니다. 나하고 함께 가서 그걸 봐요."

"도리언, 자네가 원한다면 같이 가겠네. 기차는 이미 놓친 것 같지만 내일 가면 되니까 괜찮네. 다만 오늘 밤에 조금이라도 읽어 보라고 청하진 말게. 난 그저 내 질문에 대한 솔직한 답을 듣고 싶을 뿐이야."

"위층에 가면 대답을 얻으실 겁니다. 여기에서는 말할 수 없어요. 읽는 데 오래 걸리진 않을 겁니다."

제13장

광기의 밤

도리언 그레이가 방에서 나와 계단을 오르기 시작했다. 바질 홀워드도 그 뒤를 바짝 따라갔다. 밤에는 누구든 본능적으로 그러하듯 둘 다 조용히 계단을 올라갔다. 램프 불빛이 벽과 계단에 환상적인 그림자를 만들고 불어오는 바람에 창문들이 덜컹거렸다.

두 사람이 맨 위층에 도착했을 때 도리언은 램프를 바닥에 내려놓고는 열쇠를 꺼내 자물쇠에 놓고 돌렸다.

"바질, 정말 알고 싶으세요?"

그가 낮은 소리로 물었다.

"그래."

"그렇다면야. 저는 기뻐요."

그가 미소를 지으며 대답했다. 그리고 퉁명스런 목소리로 덧붙였다.

"당신은 이 세상에서 유일하게 나에 대한 모든 걸 알 자격이 있는 사람이에요. 당신은 생각보다 훨씬 더 많이 내 인생과 관련돼 있거든요."

얘기를 마친 그는 램프를 들고 방문을 열었다. 차가운 공기가 두 사람을 휘감았고 램프 불빛이 순간을 짙은 오렌지색 불꽃을 발하며 확 타올랐다. 그는 몸서리쳤다.

"문을 닫으세요."

도리언은 탁자에 램프를 올려놓으며 낮은 목소리로 말했다.

홀워드는 어리둥절한 표정으로 주위를 둘러보았다. 방은 몇 년 동안 사람이 살지 않은 듯 보였다. 색 바랜 플랑드르산 태피스트리, 커튼을 친 그림 한 점, 낡은 이탈리아산 상자, 거의 텅 빈 책장, 의자 하나와 탁자 하나가 물건의 전부인 듯 보였다. 도리언 그레이가 벽난로 선반 위에 놓인 반토막짜리 초에 불을 붙이자 온통 먼지가 쌓인 방의 모습과 여기저기 구멍이 난 카펫이 보였다. 쥐 한 마리가 벽판 뒤로 달아났다. 퀴퀴한 곰팡내도 맡을 수 있었다.

"바질, 그러니까 당신은 신만이 영혼을 볼 수 있다고 생각한다는 얘기죠? 저 커튼을 젖혀 보세요. 그럼 내 영혼을 볼 수 있을 거예요."

도리언의 목소리는 차갑고 독기마저 서린 듯했다.

"도리언, 자네 미쳤군? 아니면 미친 척하는 건가!"

홀워드가 눈살을 찌푸렸다.

"커튼을 젖히지 않을래요? 그럼, 제가 하죠."

도리언은 커튼을 잡아채 바닥에 던져 버렸다. 어스름한 빛 속에서 자신을 향해 씩 웃고 있는 섬뜩한 얼굴을 보자 홀워드의 입에서 비명에 가까운 소리가 터져 나왔다. 그림의 표정에서 뭔지 모를 역겨움과 혐오감이 느껴졌다.

이럴 수가! 그가 보고 있는 그림은 바로 도리언 그레이의 얼굴이 아닌가. 실체가 무엇이든 소름 끼치는 그것은 매혹적인 도리언의 미모를 아직 완전히 망가뜨리진 않은 상태였다. 숱이 좀 줄었지만 금발이 아직 남아 있었고, 도톰한 입술은 여전히 진홍빛을 잃지 않았다. 생기 없는 눈동자에는 사랑스러운 푸른빛이 감돌았고 깎은 듯한 코와 매끈한 목의 우아한 곡선도 여전히 보였다. 그렇다. 이 그림은 도리언이었다. 하지만 대체 누가 이런 그림을 그린 걸까? 바질은 자신의 화풍을 알아보는 듯 했다. 그리고 액자는 자신이 직접 고안한 것이었다. 생각하기도 싫은 일이었지만 자신이 그린 그림이 아닐까 하는 생각이 들어 두려워졌다. 그는 불붙인 초를 움켜쥐고 그림을 가까이서 비춰보았다. 왼쪽 구석에 선명한 주홍색으로 길게 쓴 자신의 이름이 보였다.

이것은 아주 음험한 모방이었으며, 대단히 파렴치하고 비열한 풍자였다. 자신은 결코 이따위 그림을 그린 적이 없었다. 하지만 분명히 자신이 그린 그림이었다. 그는 그 사실을 깨달았다. 그러자 몸속의 불 같은 피가 한순간 얼음으로 변해 혈관을 막아 버린 것만 같았다. 자신이 그린 그림이었다! 이게 대체 어찌된 일이란 말인가! 그림이 어떻게 해서 이렇게 변해 버린 것일까? 그는 뒤돌아서 아픈 사람처럼 도리언 그레이를 바라보았다. 입에서 경련이 일어나고 혀는 바짝 말라서 분명한 발음을 하기가 어려울 것 같았다. 손으로 이마를 문지르니 식은땀으로 축축했다.

젊은이는 벽난로 선반에 기대선 채 위대한 배우가 연기하는 연극에 빠져들기라도 한 것처럼 묘한 표정을 지으며 화가를 바라보았다. 그 표정 속에는 진정한 슬픔이라든가 진정한 기쁨은 없고 관객의 열정만이 엿보였는데 두 눈동자에는 승리의 빛마저 은근히 드러나 보였다. 그는 외투에서 꽃을 빼내 냄새를 맡고 있었다. 아니, 냄새를 맡는 척했다.

"이게 어찌된 일인가?"

마침내 홀워드가 외쳤다. 그 목소리는 자신의 귀에도 날카롭고 이상하게 들렸다.

"오래전에 내가 소년이었을 때 당신을 만났지요."

도리언 그레이가 손에 쥔 꽃을 뭉개 버렸다.

"그때 당신은 나를 잔뜩 치켜세우면서 외모에 허영심을 갖도록 가르쳐 주었지요. 그러던 어느 날에 당신은 내게 친구를 소개해 주었죠. 그리고 그가 내게 젊음의 경이로움을 설명해 주었고, 당신은 그 경이로움을 알려준 내 초상화를 완성했고요. 제정신이 아니었던 순간에, 지금도 후회하는지 후회하지 않는지 판단을 할 수 없는 그 순간에, 나는 소원을 빌었어요. 어쩌면 당신은 그걸 기도라고 부를지도 모르겠지만요."

"나도 기억하네! 오, 아주 생생하게 기억하지! 아니야! 그런 일은 불가능해. 그건 그렇고, 방이 몹시 습하군. 환경이 이 지경이니 캔버스에 곰팡이가 핀 걸세. 내가 사용했던 페인트에 지독한 유독성 물질이 섞여 있었던 거야. 분명히 말하지만, 그림이 이렇게 변한다는 건 불가능한 일이야."

"뭐가 불가능하다는 겁니까?"

젊은이는 창가로 다가가 안개가 서린 차가운 창문에 이마를 기대고 섰다.

"자네가 그림을 없앴다고 했잖아."

"제가 틀렸어요. 오히려 저 그림이 저를 없앴답니다."

"내가 그린 그림이라는 게 믿어지지 않는군."

"저 그림에서 당신의 이상이 보이지 않나 보군요."

도리언이 신랄한 어조로 말했다.

"자네가 말하듯 내 이상이라는 건……"

"당신이 그렇게 부른 겁니다."

"내 이상에는 사악한 것도, 부끄러울 것도 전혀 없었어. 자네야말로 내가 다시 만나 볼 수 없는 그런 이상적인 존재였지. 하지만 이건 호색가의 얼굴이야."

"내 영혼의 얼굴입니다."

"오, 맙소사! 내가 정말 숭배한 게 저런 거라니! 이건 악마의 눈동자를 가지고 있잖아."

"바질, 사람은 누구나 마음속에 천국과 지옥을 함께 갖고 있어요."

도리언이 절망적인 거친 몸짓을 하며 외쳤다.

홀워드는 다시 초상화 쪽으로 돌아서서 그림을 빤히 보았다.

"맙소사! 이게 사실이라면……"

그가 크게 소리쳤다.

"그리고 이것이 자네가 살아온 삶을 그대로 보여 주는 거라면, 자네는 사람들이 상상한 것보다 훨씬 더 타락한 인간임에 틀림없네."

그는 촛불을 들고 다시 초상화를 자세히 살펴보기 시작했다. 어디에도 손댄 흔적은 없었고 예전 상태 그대로인 것처럼 보였다. 추악함과 혐오스러움은 분명히 그림 안에서 나온 것이었다. 내면의 어떤 생명체가 기괴한 모습으로 살아나면서 나병과 같은 죄악이 서서히 그림을 파먹은 것이었다. 물에 잠긴 무덤에서 썩어 버린 시체도 그토록 무섭지는 않을 것이다.

그의 손이 떨려서 초가 촛대에서 바닥으로 떨어지면서 바지직 소리를 냈다. 그는 발로 초를 밟아 불을 껐다. 그러고는 탁자 옆에 놓인 낡은 의자에 털썩 주저앉아 두 손으로 얼굴을 감쌌다.

"이런 세상에! 도리언, 이게 무슨 교훈이란 말인가! 정말 무시무시한 교훈이로군!"

아무런 대답이 없었지만 그는 도리언이 창가에서 흐느끼는 소리를 들었다.

"도리언, 기도하세, 기도해."

그가 중얼거렸다.

"어린 시절에 배운 기도문이 뭐였지? '우리를 시험에

들지 말게 하시고, 우리의 죄를 사하여 주시옵소서, 우리를 죄로부터 씻어 주소서.' 자, 같이 기도해 보세. 자네의 오만한 기도도 들어주셨으니 회개의 기도도 들어 주실 거야. 난 자네를 지나치도록 숭배했지. 그래서 그것에 대한 벌을 받고 있는 거야. 자네도 자신을 지나치게 숭배한 바람에 벌을 받는 거고. 결국 우리는 모두 벌을 받고 있는 거라네."

도리언 그레이는 천천히 돌아서서 눈물로 흐려진 눈으로 화가를 보았다.

"바질, 너무 늦었어요."

그가 더듬거리며 말했다.

"절대로 늦지 않았네. 도리언, 자, 무릎 꿇고 기억나는 기도문이 있는지 함께 생각해 보자고. 어딘가 이런 구절이 있었을 거야. 너희 죄가 주홍 같을지라도 눈과 같이 희어지리라."

"이제 그런 말들은 저에게는 아무런 의미가 없어요."

"쉿! 그런 말은 하지 말게. 자넨 지금까지 살아오면서 저지른 죄만으로도 충분하다네. 맙소사! 자네, 우리를 비웃고 있는 저 저주받은 게 안 보이는가?"

도리언 그레이는 그림을 힐끗 쳐다보았다. 그러자 마치 캔버스 위에 있는 얼굴이 그러라고 시킨 것처럼, 씩 웃고 있는 그 입술이 자신의 귀에 대고 속삭이기라도 한 것처럼, 바질 홀워드에 대한 증오심이 주체할 수 없이 타올랐다. 사냥꾼에게 쫓기는 동물처럼 발광에 가까운 분노가 그의 마음을 휘저어, 지금껏 살아오면서 혐오스럽게 생각했던 그 어떤 것보다 바질이 혐오스러웠다. 그는 사나운 표정으로 주위를 둘러보다가 페인트칠이 된 상자 위에서 번뜩이는 무언가를 발견했다. 그것은 며칠 전에 끈을 자르려고 가지고 올라왔다가 치우는 것을 잊어버린 칼이었다. 그는 홀워드를 지나쳐 천천히 칼 쪽으로 다가갔다. 그리고 홀워드의 등 뒤에서 칼을 움켜쥐고 돌아섰다. 홀워드가 일어나려는 듯 의자에서 몸을 움직이자 도리언이 그대로 달려들어 그의 귀 뒤쪽 대정맥에 칼을 찔러 넣었다. 이어 홀워드의 머리를 탁자 위에 처박으면서 찌르고 또 찔렀다.

질식하는 듯한 신음 소리, 피가 쿨럭이는 소름 끼치는

소리가 들렸다. 쭉 뻗은 두 팔은 세 차례 경련을 일으키며 튕겨 오르고, 뻣뻣한 손가락은 기괴한 모양으로 허공을 저었다. 도리언은 홀워드를 두 번 더 찔렀지만 그는 이미 아무런 움직임도 보이지 않았다. 뭔가가 바닥에 뚝뚝 떨어지기 시작했다. 도리언은 홀워드의 머리를 짓누른 채 잠시 그대로 있다가 탁자 위에 칼을 던지고 다시 귀를 기울였다.

낡아서 올이 다 드러난 카펫 위로 뭔가 뚝뚝 떨어지는 소리를 제외하곤 아무 소리도 들리지 않았다. 그는 문을 열고 층계참으로 다가갔다. 집 안은 고요했고 주위에는 아무도 없었다. 계단 난간 너머로 몸을 숙여 층계 사이로 소용돌이 모양으로 뚫린 공간을 보았지만 새까만 어둠만이 눈에 들어왔다. 그는 얼른 열쇠를 꺼내 다시 방으로 들어가 평소처럼 걸어 잠갔다.

시체는 여전히 의자 위에 고개를 숙이고 등을 굽힌 채 기다란 팔을 늘어뜨리고 기괴한 모양으로 탁자 위에 뻗어 있었다. 칼로 들쭉날쭉 베여 생긴 목의 상처와 탁자 위로 번져 가는 검붉은 피 웅덩이가 아니라면 그저 잠을 자는 것처럼 보였을 것이다.

이 모든 일이 정말 눈 깜짝할 사이에 일어났다. 도리언은 이상하리만치 침착했다. 그는 창문을 열고 발코니로 나섰다. 바람은 안개를 날려 버렸고 하늘은 수많은 황금빛 눈동자가 총총히 박힌 공작새 꼬리처럼 보였다. 그는 마을을 돌아다니며 조용한 집들의 현관에 일일이 기다란 불빛을 비춰 보는 경찰의 모습을 내려다보았다. 길모퉁이에서는 이륜마차가 돌아다니는지 새빨간 점 하나가 번쩍거리다가 사라졌다. 펄럭이는 숄을 걸친 한 여자가 난간을 따라 비틀거리며 걷다가 이따금씩 멈춰 서서 뒤를 돌아보고는 급기야는 쉰 목소리로 노래를 부르기 시작했다. 경찰관이 다가와 그녀에게 무슨 얘긴가를 건네자 그녀가 웃으며 비틀비틀 걸어갔다. 매서운 돌풍이 불어 광장을 휩쓸었고 가스등은 깜빡이며 푸른빛을 보내는가 하면, 벌거숭이 나무들은 쇠처럼 보이는 검은 나뭇가지들을 이리저리 흔들었다. 도리언은 몸을 부르르 떨며 다시 안으로 들어와 창문을 닫았다.

다시 열쇠로 문을 열고 안으로 들어갔다. 죽은 남자의

시체에는 눈길 한 번 주지 않았다. 모든 일을 비밀로 한다면 이 상황은 결코 밝혀지지 않을 것이다. 모든 불행의 원인이 된 치명적인 초상화를 그린 친구가 이제 세상에 없다. 그것이면 충분했다.

그의 머릿속에 램프가 떠올랐다. 램프는 무어인의 솜씨로 만든 세공품인데 다소 기괴하게 생겼고, 광택이 없는 은에 번쩍이는 강철로 아라베스크 무늬를 상감 세공한 뒤 품질이 낮은 터키석을 박아 만든 것이었다. 하인이 램프가 없어진 사실을 알고 물어볼지도 모른다는 생각을 하자 잠시 망설이다 탁자 위에 놓인 램프를 집어 들었다. 죽은 사람을 보지 않을 도리가 없었다. 얼마나 조용한 모습인지! 하얗고 기다란 손은 정말로 끔찍했다. 밀랍으로 만든 무시무시한 형상 같았다.

그는 방문을 잠그고 계단을 조용히 내려왔다. 삐걱거리는 나무 계단 소리가 마치 고통을 이기지 못하고 울부짖는 비명처럼 들렸다. 그는 여러 번 멈추어 서서 들리는 소리가 없는지 확인했지만 사방은 고요할 뿐이었다. 자신의 발자국 소리만 들렸다.

서재에 들어왔을 때, 방 한구석에 놓여 있던 외투와 가방이 보였다. 이것들을 어딘가에 숨겨야 했기에 자신의 진기한 가면이나 분장 도구를 보관했던 비밀 옷장을 열었다. 그 안에 뒀다가 나중에 틈을 봐서 태워 버리면 될 것이다. 시계를 꺼내보니 2시 20분 전이었다.

그는 자리에 앉아 생각에 잠겼다. 영국에서는 매년, 아니 거의 매달 자신 저지른 짓 때문에 교수형을 받는 사람이 끊이지 않았다. 대기에 살인의 광기가 퍼져 있었다. 어떤 붉은 별이 지구에 너무 가까이 다가온 탓이다……. 어쨌거나 자신에게 불리한 증거가 뭐가 있단 말인가? 바질 홀워드는 11시에 집을 나섰고 집으로 돌아온 그를 본 사람은 아무도 없었다. 하인들은 대부분 셀비 로열에 있었으며 이 집에 있는 하인은 잠자리에 든 후였다……. 파리! 그래, 바질은 예정대로 기차를 타고 파리로 간 것이다. 유별나게 내성적인 성격으로 두문불출했기 때문에 뭔가 이상한 점을 발견한다 해도 몇 달 후가 될 것이다. 몇 달! 그보다 훨씬 전에 모든 일을 다 처리할 수 있을 것이다.

문득 어떤 생각이 뇌리를 스쳤다. 그는 모피 코트를 입고 모자를 쓴 채 홀로 나갔다. 잠시 그 자리에 서서 경찰관이 집 바깥 보도를 걷는 느리고 묵직한 발자국 소리를 들으면서 숨을 죽이고 창문을 훑고 지나는 등불을 보았다. 얼마 후, 빗장을 풀고 밖으로 나가 아주 조심스럽게 문을 닫았다. 그런 다음 종을 울렸다. 약 5분 뒤에 하인이 옷도 제대로 걸치지 못한 채 잠에서 덜 깬 표정으로 나타났다.

"프랜시스, 깨워서 미안하군."

도리언이 집 안으로 들어서며 말을 건넸다.

"깜빡 잊고 현관 열쇠를 안 갖고 외출해서 말일세. 지금 몇 시지?"

"2시 10분입니다요, 나리."

하인은 벽시계를 쳐다보고 눈을 끔벅이며 대답했다.

"2시 10분이라고? 하, 벌써 시간이 이렇게 됐군. 내일 아침 9시에 좀 깨워 주게. 할 일이 있어서 말이야."

"알겠습니다요, 나리."

"오늘 저녁에 찾아 온 사람은 없었나?"

"홀워드 씨가 다녀가셨습니다요, 나리. 11시까지 기다

135

리셨는데 기차를 타신다고 나가셨어요."

"오! 저런, 그를 못 봐서 섭섭하군. 무슨 전갈이라도 남겼나?"

"아닙니다요, 나리. 클럽에서 나리를 못 만나시면 파리에 가서 편지를 하겠노라고 하시곤 별 다른 말씀은 없으셨습니다요."

"그럼 됐네. 프랜시스, 내일 아침 9시에 깨우는 거 잊지 말도록 하게."

"예, 나리."

하인은 실내화를 질질 끌며 복도를 걸어갔다.

도리언 그레이는 모자와 코트를 벗어 탁자 위에 던지고 서재로 들어갔다. 그는 15분 동안 입술을 깨물며 생각에 잠긴 채 방 안을 서성거리다가 마침내 책꽂이에서 명사 인명록을 뽑아 책장을 넘기기 시작했다.

"앨런 캠벨, 메이페어 하트퍼드 가 152번지라."

그렇다. 자신에게 필요한 사람은 바로 이 사람이었다.

제14장

캠벨의 도움

다음 날 오전 아홉 시, 하인이 초콜릿 음료 한 잔을 들고 들어와 덧창을 열었다. 도리언은 오른쪽으로 누워 한 손은 뺨에 대고 아주 평온하게 자고 있었다. 마치 놀거나 공부하느라 녹초가 된 소년처럼 보였다.

하인이 두 번이나 흔들어 깨운 뒤에야 기분 좋은 꿈이라도 꾼 듯 입가에 엷은 미소를 띠며 일어났다. 하지만 그는 기분이 좋든지 좋지 않든지 아무런 꿈도 꾸지 않고 어떤 꿈에도 방해받지 않았다. 청춘은 아무 이유 없이 미소를 짓기 마련이고, 그것이 청춘의 가장 큰 매력 중 하나인 것이다.

그는 돌아 누운 채 팔꿈치에 몸을 기대고는 초콜릿 음료를 홀짝이며 마시기 시작했다. 11월의 부드러운 햇살이 방 안으로 흘러 들어왔다. 하늘은 맑고 대기에는 따뜻한 기운이 감돌았다. 5월의 아침과 같은 날씨였다.

지난밤 사건이 피범벅이 된 두 발을 끌고 천천히 뇌 속으로 기어들어와 무서울 정도로 또렷하게 되살아났다. 그는 전날 밤에 겪은 일들이 전부 떠오르자 움찔했다. 바질 홀워드가 의자에 앉는 동안 그를 살해하게 만든 기괴한 혐오감이 되살아나자 분노로 마음이 싸늘해졌다. 죽은 남자는 여전히 그 자리에 앉아 지금은 햇빛을 받고 있을 거라고 생각하니 소름이 끼쳤다. 그런 끔찍한 것들은 어둠하고나 어울리지 대낮과는 전혀 어울리지 않는 법이다.

지난밤에 겪은 일을 곰곰이 생각하다가는 병이 나거나 미칠 것만 같았다. 실제로 저지르는 때보다 그것을 떠올릴 때 더 매력적인 죄악이 있다. 또한 열정보다 자만심을 만족시켜주는 요상한 승리감도 있다. 이런 기분은 감각보다 지성에 더 큰 희열을 가져다준다. 하지만 이번에 겪은 일은 전혀 그런 것이 아니었다. 마음속에서 없애야 하고,

아편의 힘으로 마비시켜야 하는 것, 그것에 짓눌리지 않도록 먼저 그것을 질식시켜야 하는 그런 것이었다.

시계가 9시 30분을 알리자 그는 손으로 이마를 문지른 다음 서둘러 자리에서 일어났다. 넥타이와 스카프 핀을 정성 들여 고르고 반지를 이것저것 껴보는 등 평소보다 훨씬 세심하게 옷을 차려입었다. 또한 다양한 음식을 맛보면서, 셸비에 있는 하인들에게 어떤 새로운 제복을 만들어줄지에 대한 자신의 생각을 하인에게 말해 주고, 배달되어 온 편지를 천천히 읽으면서 아침 시간을 길게 보냈다. 어떤 편지를 읽을 때는 미소를 짓기도 했는데 세 통의 편지는 지루했다. 한 통의 편지는 여러 번 반복해서 읽다가 짜증을 내며 찢어 버렸다.

"여자들의 기억력이란 정말 끔찍한 거야!"

언젠가 헨리 경이 했던 말이다.

그는 블랙커피 한 잔을 마시고 냅킨으로 천천히 입가를 닦았다. 하인에게 기다리라는 손짓을 하고 탁자로 다가가 두 통의 편지를 써서 한 통은 자신의 주머니에 넣고 다른 한 통은 하인에게 주었다.

"프랜시스, 이 편지를 하트퍼드 가 152번지에 전해줘. 만약 캠벨 씨가 런던에 없다고 하면 지금 어디 머물고 있는지 주소를 알아 와."

다시 혼자가 된 그는 담배에 불을 붙이고 종이에다 스케치를 하기 시작했다. 처음에는 꽃과 건물 일부를 그리다가 사람 얼굴을 그리게 됐는데 어찌된 일인지 자신이 그린 얼굴이 모조리 바질 홀워드와 신기하리만치 닮았다는 것을 깨달았다. 그는 인상을 찡그리고 자리에서 일어나 책장으로 다가가 닥치는 대로 아무 책이나 한 권 꺼냈다. 꼭 그래야 할 필요성이 생기기 전까지는 어젯밤 일에 대해 생각하지 않기로 했다.

소파에서 기지개를 켜고 나서 책 표지를 보았다. 고티에의 시집 『에나멜과 카메오』인데, 샤르팡티에의 일본제 종이판으로 자크마르의 에칭 판화가 장식되어 있었다. 그 책은 담황색이 도는 녹색 장정으로 금박을 입힌 격자무늬 세공에 석류 무늬가 새겨져 있었는데, 에이드리언 싱글턴에게서 받은 책이었다. 그는 책장을 넘기다가 라스네르(19세기 프랑스 시인이자 살인범)가 쓴 손에 대한 시에 눈길이 갔다. 부드러운 솜털이 나 있고 '파우스트의 손가락 같은 하얀 손가락을' 지닌, '아직 고뇌의 흔적이 지워지지 않은' 싸늘하게 변한 노란 손. 순간 자신의 가녀리고 하얀 손가락을 힐끗 쳐다보며 저도 모르게 몸서리를 쳤다. 계속 책장을 넘기던 그는 베네치아에 대한 아름다운 시 구절을 찾았다.

반음계의 선율을 타고
그녀의 젖가슴으로 몰려오는 진주 같은 파도.
아드리아 해의 비너스가
붉고 하얀 몸을 물 밖으로 드러내는구나.

푸른 물결의 파도 위로 드러나는 둥근 지붕은
어느 악절의 순결한 곡선을 따라
사랑의 한숨으로 부푼
둥근 젖가슴처럼 부풀어 오르네.

작은 배가 육지에 닿아

장밋빛 붉은 건물 정면,

계단의 대리석 위에 있는,

말뚝에 밧줄을 던져 걸곤

나를 내려 주네.

이 시의 구절은 얼마나 아름다운가! 누구라도 이 시를 읽으면 은색을 띠고 긴 휘장을 드리운 검은 곤돌라에 앉아 분홍과 젖빛이 어우러진 도시의 푸른 수로를 따라 둥둥 떠내려가는 듯한 기분이 들 것이다. 그에게는 이 시가 리도 섬을 향해 배를 저어 갈 때 뒤로 길게 이어지는 터키옥 같은 푸른 물결을 떠오르게 했다.

별안간 번쩍이는 색채는 벌집 모양의 높은 종탑 주위를 날개 치며 날아다니거나, 어둡고 먼지 자욱한 아케이드 사이를 아주 당당하고 우아한 모습으로 성큼성큼 걸어다니는 오팔색과 무지개빛 목을 지닌 새들에게서 나는 어렴풋한 빛을 연상시켰다. 그는 소파에 등을 기대고 반쯤 눈을 감은 채 혼잣말로 시구를 읊조렸다.

장밋빛 붉은 건물 정면
계단의 대리석 위에 있는.

이 두 행에 베네치아의 모든 것이 담겨 있었다. 도리언
은 그곳에서 보낸 가을날과 자신의 마음을 뒤흔들었던 아
름다운 사랑을 떠올렸다. 그 사랑이 들뜬 마음에 어리석
은 짓거리를 하게 만들었는데! 어디에든 로맨스는 있기
마련이었지만 옥스퍼드처럼 베네치아에도 로맨스를 위한
배경이 있었다. 진정한 낭만주의자에겐 배경이 전부, 거
의 전부라고 할 수 있었다. 그 시절에는 바질도 도리언과
함께 지내며 화가 틴토레토에 빠져 있었다. 불쌍한 바질!
사람이 어떻게 그리도 끔찍하게 죽을 수 있단 말인가!

그는 한숨을 쉬고 다시 책을 보면서 그 일을 잊으려고
애썼다. 하지(메카 순례를 마친 남자 이슬람교도)들이 앉아
서 호박으로 만든 염주를 세고, 터번을 두른 상인들이 술
달린 기다란 파이프로 담배를 피우며 진지한 이야기를 나
누던 스미르나의 작은 카페, 그곳을 드나들며 날아다니
는 제비들에 관한 이야기를 읽었다. 햇빛이 안 드는 외로

운 망명지에서 화강암 눈물을 흘리는 콩코르드 광장의 오벨리스크 얘기도 읽었다. 오벨리스크는 연꽃에 뒤덮인 강렬한 햇빛이 비치는 나일 강 곁에, 스핑크스가 있고 장미처럼 붉은 따오기와 황금빛 발톱을 가진 흰 독수리, 김이 피어오르는 녹색 진창 위를 기어 다니는 작은 담청색 눈동자의 악어들이 있는 나일 강 곁으로 돌아가기를 간절히 원했다. 또한 키스 자국으로 얼룩진 대리석에서 음악적 영감을 끌어내며 고티에가 콘트랄토 음성에 비교했던, 기묘한 조각상, 즉 루브르의 반암실에 웅크린 매혹적인 괴물에 대해 노래한 시를 곰곰이 생각했다. 하지만 시간이 조금 지난 후에는 책이 손에 잡히지 않았다. 그는 점점 신경이 예민해졌고, 발작적으로 끔찍한 공포감에 사로잡혔다. 앨런 캠벨이 영국에 없으면 어쩌나? 돌아오려면 며칠이 걸릴지도 모르고 어쩌면 안 오겠다고 할 수도 있다. 그가 오지 않으면 어떻게 하나? 이제는 순간순간이 매우 중요했다.

캠벨은 5년 전에 도리언과 아주 친했던 친구였다. 그런데 그 친밀했던 관계는 어느 날 갑자기 끝나 버렸다. 이제 사교계에서 만나도 도리언 그레이만 미소를 짓고 캠벨은 결코 웃지 않았다. 앨런 캠벨은 시각적인 예술 감상력이 없고, 시에 대한 미적 감각이라는 것도 도리언에게 배운 게 전부였지만 대단히 영리한 친구였다. 특히 과학에 대한 지적 열정이 대단해서 케임브리지 대학에 다닐 때 대부분의 시간을 할애해 실험실에서 연구를 하며 보냈고 자연과학 졸업 시험에서 우수한 성적을 받았다. 사실 지금도 화학 연구에 몰두해서 개인 실험실을 갖추고 하루 종일 그곳에 틀어박혀 있곤 했다. 그의 어머니는 아들이 의회에 들어가 주기를 간절히 바랐고 화학자는 약이나 처방하는 사람이라는 생각을 했기 때문에 몹시 골치 아파 했다. 그런데 그는 매우 뛰어난 음악가적 자질도 있어서 바이올린과 피아노는 웬만한 아마추어보다 훨씬 훌륭하게 연주할 수 있었다.

그와 도리언이 처음 인연을 맺게 된 계기도 음악 때문이었다. 물론 음악뿐만 아니라 도리언의 독특한 매력도 한몫을 하긴 했다. 사실 도리언은 그러려고만 한다면 언제든지 자신의 매력을 발산할 수 있을 것 같았지만 실제로는 자신도 모르는 사이에 매력을 뿜어낼 수 있었다. 두 사람은 버크셔 부인 집에서 루빈스타인이 연주되던 날 처음 만났다. 그날 이후 오페라극장이라든가 훌륭한 음악이 연주되는 어디든 함께 다니곤 했다. 그들의 이런 친분은 1년 6개월 동안 계속되었는데, 캠벨은 언제나 셸비 로열이나 그로스브너 광장에 있곤 했다. 다른 많은 사람들이 그런 것처럼 캠벨에게도 도리언 그레이는 경이롭고 매혹적인 것을 모두 모아 놓은 집합체 같은 존재였던 것이다.

두 사람 사이에 어떤 일이 있었는지 아무도 몰랐지만 언제부턴가 두 사람이 만나도 서로 말을 하지 않는다든가 어느 파티가 됐건 도리언 그레이가 참석을 할라 치면 캠벨이 일찌감치 자리를 떠난다는 말이 사람들 입에 오르내렸다. 캠벨 자신도 변해서 때로는 이상하리만치 우울해하고 음악을 듣는 것도 꺼려할 뿐만 아니라 누군가가 연주를 청하면 과학 연구를 핑계로 사양하곤 했지만 이 말은 어느 정도 사실이기도 했다. 그는 갈수록 생물학에 깊은 관심을 쏟았고 특별히 호기심을 끌었던 실험과 관련해 과학 평론지에 두어 차례 이름이 실리기도 했다. 도리언 그레이가 기다리는 이가 바로 그 사람이었다. 도리언은 연거푸 시계를 힐끔거렸다. 시간이 흐를수록 초조함의 강도도 더해져 급기야 자리에서 일어나 우리에 갇힌 아름다운 맹수처럼 서성거리기 시작했다. 소리를 내지 않고 걸었는데 손이 이상할 정도로 차가웠다.

결국 견디기 힘든 불안감은 폭발하기 직전까지 이르렀다. 자신이 거대한 광풍에 휩쓸려 삐죽삐죽한 절벽의 벌어진 틈 어두운 심연 속으로 빨려 드는 동안 납으로 된 발을 끌며 기어가는 시간을 보는 것만 같았다. 그는 그곳에서 자신을 기다리는 것이 무엇인지 알고 있었고 실제로 그것을 보기도 했다. 그는 뇌의 시각 영역을 없애고 안구를 안공으로 다시 되돌려 넣으려는 것처럼 몸서리를 치면서 축축한 손으로 뜨거운 눈꺼풀을 눌러 댔다. 하지만 별로 소용없는 일이었다. 두뇌는 스스로 먹고 살을 찌울 양식을 가지고 있었고, 공포 때문에 더욱 기괴해진 상상력은 살아 있는 짐승이라도 되는 양 온몸을 뒤틀고 비틀어 댔으며, 무대 위의 꼭두각시처럼 춤을 추면서 가면 뒤에서 히죽거렸다. 그러다가 별안간 시간이 그만 딱 멈춰 버렸다. 느리게 호흡하던 눈먼 괴물은 더는 기어 오지 않았다. 시간이 죽어 버리자 무서운 생각이 재빠르게 앞으로 질주하더니 소름 끼치는 미래를 꺼내 그에게 보여 주었다. 그는 그것을 바라보다가 공포로 얼어붙었다. 이윽고 문이 열리고 하인이 들어왔다. 그는 멍한 눈으로 하인을 바라보았다.

"나리, 캠벨 씨가 오셨는데요."

바싹 말랐던 입술 사이로 한숨이 흘렀고 두 뺨은 다시 붉은 기운이 올라왔다.

"프랜시스, 당장 안으로 모시게."

그는 본래의 모습으로 돌아온 듯 겁에 질렸던 기분은 어디론가 사라졌다. 하인이 나가자 잠시 후 앨런 캠벨이 단호한 표정으로 들어왔다.

창백하게 질린 듯한 표정이었는데 새까만 머리카락과 검은 눈썹 때문에 표정이 더욱 두드러졌다.

"앨런! 자네가 와 줄 거라고 믿었네. 이렇게 와 줘서 정말 고마워."

"그레이, 다시는 자네 집에 오지 않을 생각이었네. 생사가 걸린 문제라기에 할 수 없이 온 것일세."

딱딱하고 차가운 목소리였다. 그는 천천히 신중하게 말했는데 도리언을 보는 시선에는 경멸이 들어 있었다. 그는 아스트라한 모직 외투 주머니에 두 손을 찔러 넣은 채 자신을 환영하는 도리언의 태도에는 무관심한 척했다.

"앨런, 생사가 걸린 문제야. 그것도 여러 사람의 생사가 걸려 있다네. 자, 앉지."

캠벨은 탁자 옆 의자에 앉고 도리언은 그 맞은편에 앉았다. 두 사람의 시선이 부딪쳤을 때 도리언의 눈에는 무한한 연민이 들어 있었다. 그는 캠벨이 해야 할 일이 얼마나 무서운 일인지 잘 알고 있었다.

잠시 긴장된 침묵이 계속되고 나서 도리언은 몸을 캠벨 쪽으로 기울이고 말 한 마디 한 마디에 따라 어떻게 반응하는지 살피면서 천천히 말했다.

"앨런, 이 집 맨 위층 잠긴 방에, 나 말고는 아무도 들어갈 수 없는 방에 한 남자가 죽어 있어. 그가 죽은 지 열시간이 채 안 되지. 그렇게 놀라지 말게. 그런 표정으로 보지도 말고. 그 남자가 누구이며 왜 죽었는지 또 어떻

게 죽었는지는 몰라도 된다네. 하지만 자네가 해야 할 일
은…….”

“그레이, 그만하게! 더는 아무것도 알고 싶지 않네. 자
네가 한 말이 사실이든 아니든 나는 관심이 없어. 자네 인
생에 말려드는 일 따위는 거절할 거야. 무서운 비밀일랑
자네 혼자 간직하게. 나는 자네의 비밀에는 추호도 관심
이 없어.”

“앨런, 자네도 틀림없이 흥미를 느낄 거야. 관심을 가져
보게. 앨런, 자네에게는 정말 미안하지만 나에게는 별다
른 방법이 없었네. 나를 구해줄 사람은 오직 자네뿐이라
자네를 끌어들일 수밖에 없었어. 앨런, 자네는 과학자잖
아. 화학이나 뭐 그런 것을 잘 알고 있을 테지. 실험도 여
러 번 했고 말이야. 지금 자네가 해야 할 일은 위층에 있
는 시체를 없애는 것일세. 그 사람이 집 안으로 들어오는
모습을 본 사람도 없고 실은 지금 파리에 있는 것으로 되
어 있다네. 그가 없어졌다는 사실을 사람들이 알아챌 때
쯤 여기에서 흔적이 발견되는 일은 없어야지. 앨런, 자네
가 그 남자와 그 남자가 가졌던 물건들을 몽땅 내가 공중

에 뿌릴 수 있는 재로 만들어 주게."

"도리언, 자네 미쳤군."

"오, 드디어 나를 도리언이라고 불러 주는군."

"자넨 정말 미쳤군. 내가 자네를 도우려고 손가락이라
도 까딱할 줄 알았나? 기가 막히는군. 이런 엄청난 고백을
한 것도 미친 짓이고. 자네는 정말로 미쳤네. 무슨 일인지
는 몰라도 나는 상관하고 싶지 않아. 내가 자네 때문에 명
예를 더럽힐 일 따위를 할 것 같은가? 자네가 어떤 악마
같은 짓을 했더라도 그게 나와 무슨 상관이야."

"앨런, 그 사람은 자살한 거야."

"그건 다행이군. 하지만 누가 자살로 몬 거지? 자네 아
닌가?"

"이 일을 끝내 못 해 주겠다는 말인가?"

"물론이야. 거절하겠어. 이런 일에는 절대로 끼어들고
싶지 않아. 자네에게 어떤 수치스러운 일이 닥친다고 해
도 상관하지 않겠네. 그건 자네가 감수해야지. 자네가 창
피를 당하고 공개적인 치욕을 겪는다고 해도 자네가 가
엾다거나 하는 생각은 안 할 거야. 어떻게 나에게 이런 끔

찍한 사건에 휘말리도록 할 수 있지? 나는 자네가 사람의 성격에 대해 무척 잘 알 거라고 생각했는데 말이야. 자네 친구인 헨리 워튼 경이 다른 건 다 알려 주면서도 심리학은 안 가르쳐 준 모양이군그래. 어떤 것으로 나를 유혹해도 자네를 돕기 위해서는 한 발도 뗄 수 없네. 사람 잘못 봤어. 자네 친구들을 찾아가 보는 게 어떤가? 내게 이러지 말고."

"앨런, 살인이야. 그 사람을 내가 죽였어. 그가 나를 얼마나 괴롭혔는지 아나? 내가 어찌 살았던 간에, 그는 내 인생을 만들거나 파괴하는 데 불쌍한 해리보다 깊숙하게 관여돼 있었어. 그럴 생각은 없었겠지만 결과적으로는 그렇게 됐다네."

"살인이라고! 맙소사, 도리언, 이제는 그런 짓까지 저지른 건가? 자네를 고발하지는 않을 걸세. 상관하고 싶지 않으니 말이야. 게다가 내가 입을 다물고 있다고 해도 자넨 잡힐 게 빤하거든. 범죄를 저지른 인간들은 항상 어리석은 짓을 하기 마련이니까. 나는 절대로 이 일에 개입하고 싶지 않네."

"자네는 이 일에 어떻게든 관여해 줘야 해. 기다려 보게, 잠깐만 기다려 봐. 내 말 좀 들어 보게, 앨런. 그냥 듣기만 해 주게. 자네에게 부탁하는 것은 그저 과학 실험일세. 자네는 병원과 시체 안치소에 드나들면서 끔찍한 일들을 하지만 그게 자네에게는 아무런 영향을 미치지 않잖아. 소름 끼치는 해부실, 악취 나는 실험실 같은 데서 피가 흘러내리도록 붉은 홈을 파서 만든 납 수술대 위에 이 남자가 누워 있다면 훌륭한 실험 대상으로 여길 뿐이잖아. 조금도 놀라지 않고 나쁜 짓이라는 생각조차 하지 않겠지. 오히려 인류를 위한 위대한 일이라거나 더 많은 지식을 쌓고 지적 호기심을 만족시키는 일을 한다는 자부심을 느끼게 되겠지. 자네가 해 주었으면 하는 일은 자네가 늘 해 오던 일이야. 사실 시체 하나쯤 없애는 거야 지금까지 해 왔던 일에 비하면 끔찍한 일도 아니잖아. 그리고 이걸 기억해 줬으면 해. 내게 불리한 증거는 오직 이 시체뿐일세. 시체가 발견되는 날로 나는 끝이야. 자네가 나를 도와주지 않으면 시체가 발견되고 말 거야."

"나는 정말 자네를 돕고 싶은 마음이 없어. 자네가 그걸 잊고 있었군. 나는 이 모든 일에 전혀 관심도 없고 나하고는 상관도 없는 일이야."

"앨런, 이렇게 빌겠네. 지금 내가 어떤 처지에 있는지 좀 봐. 자네가 오기 전까지 나는 두려워서 미칠 지경이었다네. 자네도 언젠가는 두려움이라는 것을 알게 되겠지. 아니지! 그런 생각은 하지도 말고. 이 문제를 그저 순수한 과학적인 관점에서 봐 주게나. 자넨 실험용 시체가 어디에서 왔는지 상관하지 않잖아. 지금도 마찬가지일세. 내가 너무 많은 걸 이미 얘기한 셈이지만. 어쨌든 이 일을 도와줘. 내 이렇게 빌겠네. 앨런, 우리는 한때 친구였잖아."

"도리언, 지난 얘기는 하지 말자. 이미 죽은 과거야."

"때로는 죽은 것도 사라지지 않아. 위층의 남자도 절대 사라지지 않을 거고. 그는 머리를 처박고 두 팔을 뻗은 채 탁자에 그대로 앉아 있다니까. 앨런! 오, 앨런! 자네가 안 도와주면 나는 파멸당할 거야. 아, 사람들이 나를 교수형에 처하겠지. 이해 못 하겠어? 내가 저지른 짓으로 나는 교수형을 당할 거라고!"

"길게 말해 봐야 소용없어. 딱 잘라 말하지. 나는 이 일에 말려들지 않겠네. 자네가 내게 이런 부탁을 하는 것을 보니 제정신이 아닌 모양이야."

"정말 거절하는 건가?"

"그래."

"앨런, 다시 한 번 부탁하네."

"그래 봐야 소용없는 일이야."

도리언 그레이의 눈에 아까와 같은 연민의 빛이 떠올랐다. 그는 손을 뻗어 종이를 집더니 뭔가를 써 내려갔다. 두 번 정도 읽고 나서 조심스레 접어 탁자 맞은편으로 내밀고 창가로 다가갔다.

캠벨은 놀란 표정으로 도리언을 한 번 보고 종이를 집어 펼쳐 보았다. 그는 종이에 적힌 내용을 읽는 사이에 얼굴이 사색이 되어 의자에 털썩 주저앉았다. 구역질이 올라올 것만 같았다. 심장이 텅 빈 구멍 속에서 스스로 고동치는 느낌이었다. 2, 3분 동안 무서운 침묵이 흐르고 마침내 도리언이 캠벨에게 다가와 그의 뒤에 서서 한 손을 어깨에 올려놓았다.

"앨런, 정말 미안하군. 하지만 자네가 도와주지 않으니 말이야. 이미 편지를 봤으니 알겠지? 자네 눈에도 주소가 보일 거야. 나를 도와주지 않겠다면 이걸 보내는 수밖에. 그 결과도 알고 있을 거야. 하지만 자네는 나를 도와주게 될 거라 믿어. 내 부탁을 거절하기가 힘들겠지. 자네에게 피해를 주지 않으려고 무던히 노력했네. 그건 인정해야 해. 자네는 단호하고, 가혹한 데다 무례하기까지 했어. 지금까지 나에게 그런 식으로 대한 사람은 아무도 없었네. 적어도 살아 있는 사람들 중에는 말이지. 모든 걸 참았으니 이제 내 차례야."

캠벨은 양손에 얼굴을 묻고 몸서리를 쳤다.

"그래, 이젠 내가 조건을 제시할 거야. 앨런, 어떤 조건인지는 잘 알겠지? 일은 아주 간단하다니까. 자, 그렇게 흥분하지 말고. 어차피 해야 할 일인데 뭘 그러나. 용감하게 맞서 주게."

캠벨은 입술 사이로 신음을 내뱉으며 온몸을 떨었다. 벽난로 선반 위에 놓인 시계의 똑딱거리는 소리가 시간을 고통의 원자들로 산산이 부숴버리는 것만 같았다. 원자 하나하나가 너무나 무서워서 견딜 수가 없었다. 마치 쇠고리로 이마를 서서히 죄는 것만 같았고 자신이 위협받고 있는 일이 이미 닥친 것만 같았다. 어깨 위에 놓인 손이 납덩이로 만든 것처럼 무거웠다. 견딜 수가 없었다. 그 손이 자기를 짓누르는 것만 같았다.

"자, 앨런, 당장 결정하게."

"난 못 하네."

마치 이 말을 뱉으면 상황이 바뀌기라도 할 듯 그는 기계적으로 말했다.

"꼭 해야 돼. 선택의 여지란 없어. 시간 끌지 마."

그는 잠시 주저했다.

"위층 그 방에 불이 있나?"

"그래, 석면 심지의 가스난로가 하나 있지."

"집에 다녀와야겠어. 실험실에서 도구를 가져와야 일을 하거든."

"그건 안 되지. 앨런, 필요한 건 메모지에 적어서 하인에게 그걸 가져오도록 하지. 자네는 이 집을 떠나면 안 되거든."

캠벨은 몇 줄 갈겨 쓴 다음 압지를 눌러 잉크를 빨아들이게 한 후 봉투에 주소와 이름을 적어 도리언에게 건넸다. 도리언은 주의 깊게 읽은 다음 하인을 불러 편지에 적힌 대로 물건을 가지고 가능한 한 빨리 돌아오라고 지시했다.

현관문이 닫히자 캠벨은 초조해지기 시작했다. 의자에서 일어나 벽난로 선반 쪽으로 다가갔다. 그는 학질에라도 걸린 듯 온몸을 부들부들 떨었다. 두 사람은 거의 20분 동안 침묵을 지켰다. 파리 한 마리가 시끄럽게 날아다니고 시계가 똑딱거리는 소리는 망치를 두드리는 소리처럼 크게 들렸다.

1시를 알리는 종이 울렸을 때 캠벨은 도리언 그레이를 쳐다보았는데 그의 두 눈에 눈물이 가득 고여 있었다. 청순하고 우아하게 보이는 슬픈 모습에는 그를 화나게 하는 뭔가가 깃들어 있었다.

"자넨 정말 나쁜 놈이야. 정말 파렴치한 놈이라고!"

그가 나지막하게 말했다.

"조용히 하게. 앨런, 자네는 내 목숨을 구해 줬어."

도리언이 말했다.

"네 목숨이라고? 맙소사! 목숨은 무슨 목숨? 자네는 타락에 타락을 하다 결국은 범죄까지 저지른 거야. 자네가 내게 강요하는 그 일을 하는 건 자네의 목숨 때문이 아니야."

"오, 앨런."

도리언이 한숨을 쉬며 중얼거렸다.

"내가 자네에게 느끼는 연민의 천분의 일만이라도 내게 연민을 느껴 주면 좋겠어."

도리언은 이렇게 말하고는 정원을 내다보았다. 캠벨은 아무 대답도 하지 않았다.

10분쯤 후에 문을 두드리는 소리가 들리고 나서 하인이 철제와 백금으로 만든 철사 한 꾸러미, 아주 기묘하게 생긴 강철 조임쇠 두 개와 화약 약품이 담긴 커다란 마호가니 상자 하나를 들고 들어왔다.

"나리, 여기에 둘까요?"

하인이 캠벨에게 물었다.

"거기에 놓게. 그리고 프랜시스, 미안한데 심부름를 하나를 더 해줘야겠네. 리치먼드에 사는 그 남자 이름이 뭐지? 셸비에 난초를 공급하는 사람 말이야."

"하든입니다요, 나리."

"그래, 하든. 지금 리치먼드로 가서 내가 애초에 주문했던 난초를 두 배로 보내 주고 흰색 난초는 되도록 적게 보내라고 하게. 사실 흰색 난초는 원하지도 않는 건데. 아무튼 프랜시스, 날씨도 좋고 리치먼드는 아주 멋진 곳이라 심부름을 시키는 걸세. 그렇지 않으면 귀찮게 하지도 않았을 거야."

"나리, 괜찮습니다. 몇 시에 돌아오면 될까요?"

도리언이 캠벨을 돌아보았다.

"앨런, 자네 실험이 몇 시쯤 끝나나?"

그는 동요 없는 차분한 목소리로 물었다. 방 안에 또 다른 사람이 있다는 사실이 그에게 커다란 용기를 준 모양이었다. 캠벨은 집중하려는 듯 입술을 깨물고 인상을 찡그렸다.

"다섯 시간쯤 걸릴 거야."

그가 대답했다.

"프랜시스, 그러면 7시 30분에 돌아오면 될 거야. 아니면 하룻밤을 묵고 오든지. 다만 갈아입을 옷을 챙겨 놓아 줬으면 좋겠어. 오늘 밤은 자네 마음대로 시간을 보내게나. 나는 집에서 저녁을 먹지 않을 생각이라 자네가 없어도 되거든."

"고맙습니다, 나리."

하인이 방을 나서며 말했다.

"자, 앨런, 한순간도 지체할 시간이 없어. 이 상자는 왜 이리 무거운 거야! 상자는 내가 들고 가지. 자네는 나머지를 가지고 오게."

그는 위압적인 태도로 빠르게 말했다. 그런 도리언을 보고 캠벨은 지배당하는 느낌을 받았다.

그들이 맨 위 층계참에 도착했을 때 도리언이 열쇠를 꺼내 자물쇠에 넣고 돌렸다. 그리고 잠시 멈춰 섰는데 곤혹스러운 표정이 역력했다. 그는 몸서리를 쳤다.

"앨런, 아무래도 나는 들어갈 수 없을 것 같아."

그가 중얼거렸다.

"상관없어. 자네는 필요 없으니까."

캠벨은 냉담하게 말했다.

도리언은 문을 반쯤 열었다가 햇빛 속에서 자신을 흘겨보고 있는 초상화와 얼굴을 보았다. 초상화 앞쪽 바닥에 찢겨진 커튼이 떨어져 있었다. 순간 이 숙명적인 캔버스를 가리는 일을 전날 밤에 처음으로 잊고 말았다는 사실이 떠올랐다. 그는 당장 앞으로 달려가고 싶었지만 결국 몸서리를 치고는 뒤로 물러섰다.

캔버스가 마치 피로 된 땀이라도 흘리는 듯 그림 속 한 손에서 희미하게 반짝이는 축축하고 역겨운 저 붉은 방울은 무엇인가? 정말 끔찍했다. 그 순간에는 탁자 위에 뻗어 있는 시체보다 이 끔찍한 초상화가 더 무섭게 느껴졌다. 피로 얼룩진 카펫 위로 길게 드리워진 기괴한 그림자를 보니 시체는 어젯밤 남겨 둔 그 자세 그대로였다.

그는 심호흡을 하고 문을 조금 더 열었다. 그리고 죽은 남자에게 눈길 한 번 주지 않으려고 고개를 돌린 채 재빨리 방 안으로 들어갔다. 그런 다음 금색과 자주색의 커튼을 집어 그림 위에 똑바로 덮어씌웠다.

그는 돌아서기가 두려워 그 자리에 선 채 눈앞에 보이

는 정교한 문양에 시선을 고정시켰다. 그러고 있으려니 곧 캠벨이 무거운 상자와 철제 기구들, 자신이 해야 할 무서운 일을 위해 필요한 그 밖의 장비들을 가지고 들어오는 소리가 들렸다. 도리언은 캠벨과 바질 홀워드가 전에 만난 적이 있었는지, 만났다면 서로 어떻게 생각했을지 궁금해지기 시작했다.

"이제 그만 나가게."

그의 등 뒤로 단호한 목소리가 들렸다.

도리언은 급히 몸을 돌려 나오다가 시체가 의자 등받이 쪽으로 밀쳐지는 모습과 캠벨이 번들거리는 누런 얼굴을 빤히 응시하고 있는 것을 보았다. 그는 아래층으로 내려가면서 방문이 잠기는 소리를 들었다.

7시가 훨씬 지나서야 캠벨은 서재로 돌아왔다. 얼굴은 창백했지만 침착해 보였다.

"자네가 부탁한 일은 다 끝냈네. 그럼 이만 가보지. 다시는 만날 일이 없었으면 좋겠어."

그가 낮은 목소리로 말했다.

"앨런, 자네가 날 파멸에서 구해 주었어. 이 일은 잊지

165

않겠네."

도리언이 솔직하게 말했다.

캠벨이 떠나자마자 도리언은 위층으로 올라갔다. 방 안에선 지독한 질산 냄새가 났지만 탁자에 앉아 있던 시체는 사라지고 없었다.

제15장

불안한 마음

그날 밤 8시 30분, 아주 멋지게 차려입고 커다란 단춧 구멍에 파르마 바이올렛 몇 송이를 꽂은 도리언 그레이는 머리 숙여 인사하는 하인들의 안내를 받으며 나버러 부인의 저택에 들어섰다. 신경이 극도로 예민해져서 이마가 욱신욱신 쑤셨고 몹시 흥분한 상태였지만 허리를 굽혀 여주인 손에 입맞춤을 할 때는 더할 나위 없이 부드럽고 여유가 넘쳤다. 어쩌면 사람은 어떤 역할을 할 때만큼은 여유가 생기는 건지도 모른다.

그날 밤, 도리언 그레이를 본 사람이라면 어느 누구도 그가 우리 세대의 어떤 비극 못지않게 끔찍한 비극을 겪었다는 사실을 짐작하지 못했을 것이다. 그 섬세한 손가락들이 칼을 움켜쥐고 죄를 지었을 거라고는, 저 미소가 깃든 입술이 신과 선을 향해 울부짖었으리라고는 아무도 생각하지 못했을 것이다. 도리언도 자신이 그렇게 침착했던 것에 대해 놀라면서 순간적으로 이중생활이 주는 소름 끼치는 쾌감을 맛보지 않을 수 없었다.

이날 모임은 나버러 부인이 다소 서둘러 준비한 조촐한 파티였다. 그녀는 대단히 영리했지만 헨리 경의 말마따나 정말 지독하게 못생긴 외모를 유산으로 물려받은 여자였다. 그녀는 영국에서 가장 말도 많고 지루한 대사 가운데 한 명을 남편으로 두었는데 그 남편의 아내 역할을 훌륭하게 해냈으며, 그 남편이 죽자 자신이 직접 설계한 대리석 무덤에 남편을 잘 묻었으며, 돈이 많은 늙은 남자들에게 딸들을 결혼시켰다. 그리고 이제는 프랑스 소설, 프랑스 요리, 기회만 닿으면 '프랑스 정신'이 주는 쾌락에 빠져들었다.

도리언은 그녀가 특별히 좋아하는 사람들 중 한 명이었다. 그녀는 늘상 젊은 시절에 만났다면 완전히 반했을 거라며 그를 만나지 않은 것이 천만다행이라고 말하곤 했다.

"풍차 방앗간이라도 당신을 위해서라면 기꺼이 보닛을 벗어던졌을 거예요. 그래도 당신 같은 남자 생각을 하지 않았으니 다행이지요. 사실 그때 우리가 쓰고 다니던 보닛은 보기에도 별로였어요. 풍차도 바람을 일으키느라 여념이 없었기에 나는 누구와도 바람을 피우지 못했죠. 그런데 그것은 다 나버러의 탓이기도 했어요. 그 남자는 굉장한 근시라서 남편을 속이는 것은 별로 재미가 없었거든요."

이날 저녁 나버러 부인의 파티에 온 손님들은 모두 꽤나 따분한 사람들이었다. 부인이 낡은 부채로 얼굴을 가리고 결혼한 딸들 중에 한 명이 갑자기 그녀의 집에 찾아와 머무르고 있으며 사위까지 함께 지내게 되었다는 이야기를 도리언에게 해 주었다.

"이봐요 도리언, 내 딸이지만 정말 고약하기 짝이 없다니까요."

부인이 속삭였다.

"물론 나도 함부르크에서 돌아오면 매년 여름에 딸네 집에서 머무르곤 하지만 나처럼 늙은 여자들은 가끔씩 신선한 공기가 필요한 법이거든요. 그러면서 딸들에게 뭔가를 가르치기도 하고요. 당신은 그 애들이 거기서 어떤 생활을 하는지 모르실 거예요. 그야말로 시골 생활이랍니다. 할 일이 너무 많아서 아침 일찍 일어나고 생각할 일이 없으니 또 일찍 자고요. 엘리자베스 여왕 시대 이후로는 마을에 이렇다 할 스캔들도 없어요. 그러니 저녁을 먹고 나면 자는 것밖에 할 일이 없는 거죠. 그 애들 옆에 앉지 말고 여기서 나를 즐겁게 해 줘요."

도리언은 적당히 비위를 맞춰 주곤 방 안을 둘러보았다. 정말 지루하기 짝이 없는 파티였다. 손님들 중에 두 명은 처음 보는 사람이었고, 평범한 중년 남자 축에 끼는 어니스트 해로든이 있었다. 그는 런던의 클럽에서 흔히 보는 인물로, 딱히 적은 없지만 친구들에게 철저히 미움을 산 남자였다. 또 한 명의 손님인 럭스턴 부인은 매부리코에 지나치게 치장을 한 마흔일곱의 여성으로 항상 스캔들의 주인공이 되고 싶어 했지만 너무 못생겨서 누구도 그게 가능할 것이라고 생각하지 않았다. 거무스름한 주황색 머리카락을 가진 얼린 부인은 뭐가 좋은지 아주 쾌활한 표정으로 주제넘게 혀 짧은 소리로 떠들어댔고, 여주인의 딸인 앨리스 채프먼 부인은 전형적인 영국인 얼굴인데 한 번 봐서는 기억 못 할 정도로 촌스럽고 둔하게 생긴 젊은 여자였다. 그리고 그녀의 남편은 붉은 뺨에 하얀 구레나룻을 길렀는데 그 계급 사람들이 흔히 그러는 것처럼 생각이라곤 조금도 없는 골빈 머리를 과도한 농담으로 가릴 수 있다고 생각하는 부류였다.

도리언이 파티에 온 것을 후회하고 있는데 마침내 나버러 부인이 연한 자주색 덮개를 씌운 벽난로 선반 위에 화려한 곡선을 그리며 자태를 뽐내고 있는 커다란 시계를 보며 외쳤다.

"이런, 헨리 워튼이 너무 늦는군요! 오늘 아침에 사람을 보냈을 때 실망시키지 않겠다고 단단히 약속을 해 놓고는!"

도리언은 헨리가 온다는 말에 약간 위안을 받았다. 이내 매력적이고 느릿느릿 노래를 하는 것 같은 헨리 목소

리가 들리고, 건성으로 내뱉는 인사말과 성의 없는 사과
를 늘어놓는 소리가 들렸다. 그 소리를 들으니 지루했던
기분이 몽땅 사라졌다.

하지만 만찬 자리에서 도리언은 아무것도 먹을 수가
없었다. 그는 나오는 접시마다 그대로 물려 보내야 했다.

"당신을 위해 특별히 메뉴를 짠 불쌍한 아돌프를 모욕
하는 거예요."

나버러 부인이 계속해서 그를 나무랐고, 맞은편에 앉은
헨리 경은 그를 가끔 바라보며 아무런 말도 하지 않고 멍
하니 있는 그의 태도를 이상하게 생각했다. 때때로 집사
가 그의 잔에 샴페인을 따라 주었다. 그는 따라 주는 대로
샴페인을 마셨지만 그럴수록 갈증은 점점 심해지기만 했
다.

"도리언."

소스를 뿌린 차가운 고기 요리가 나왔을 때 헨리가 마
침내 말을 걸었다.

"오늘 밤 무슨 일이 있나? 기분이 꽤나 안 좋아 보이는
군."

"사랑에 빠진 모양이에요."

나버러 부인이 큰 소리로 말했다.

"혹시 내가 질투할까 봐 두려워서 말하기를 꺼리는 모양이에요. 도리언의 생각이 옳아요. 난 틀림없이 질투할 거예요."

"친애하는 나버러 부인."

도리언이 미소를 지으며 낮은 목소리로 말했다.

"난 지난 일주일 내내 사랑이라는 것에 빠져 보지 못했어요. 실은 페롤 부인이 런던을 떠난 다음에는 사랑이란 걸 해 보지 못했다니까요."

"남자들은 어떻게 그런 여자와 사랑에 빠질 수 있죠! 난 정말 이해할 수 없어요."

노부인이 탄식을 하듯 소리쳤다.

"나버러 부인, 그건 그저 그 여자가 부인의 어린 시절을 기억하고 있기 때문이랍니다. 부인과 소녀일 때 입으셨던 짧은 드레스를 이어 주는 고리 역할을 하거든요."

헨리 경이 말했다.

"헨리 경, 그 여자는 내가 어릴 때 입던 짧은 드레스 같

175

은 것은 전혀 기억하지 못해요. 하지만 나는 30년 전 빈에 있을 때 그녀의 모습을 생생하게 기억하고 있지요. 그녀가 어떤 모습이었는지, 얼마나 가슴이 파인 옷을 입었는지 말이에요."

"페롤 부인은 지금도 가슴이 파인 옷을 입으시지 않나요?"

헨리 경이 긴 손가락으로 올리브 한 알을 집으며 대답했다.

"그리고 아주 맵시 있는 드레스를 입으면 저급한 프랑스 소설을 호화판으로 장정한 느낌이 난다니까요. 정말 놀라운 여자예요. 항상 사람들을 놀라게 하는 재주도 있고요. 가족에 대한 애정도 끔찍해서 세 번째 남편이 돌아가셨을 땐 슬픔으로 머리카락이 금발로 변했잖아요."

"해리, 어떻게 그런 말을!"

도리언이 외쳤다.

"정말 로맨틱한 설명인데요 뭐. 그런데 헨리 경, 세 번째 남편이라고요? 설마, 페롤이 네 번째라는 뜻은 아니겠지요?"

여주인이 웃으며 말했다.

"물론 네 번째랍니다, 나버러 부인."

"그 말은 못 믿겠어요."

"그럼, 그레이 씨에게 물어보시죠. 그레이 씨는 페롤 부인과 가장 친한 친구들 중 하나니까요."

"그게 사실인가요, 그레이 씨?"

"나버러 부인, 그녀가 내게 분명히 그렇게 말씀하셨습니다."

도리언이 말했다.

"제가 부인께 마르그리트 드 나바르(프랑스의 여류 문인, 나바르의 여왕. '문예의 아버지'라 불리는 프랑수아 1세의 누이)처럼 남편의 심장을 방부 처리해서 거들에 달고 다니냐고 물었던 적도 있어요. 부인은 남편들 중에 심장을 가진 사람이 하나도 없었기 때문에 그렇게 하지 못했다고 하시더군요."

"네 명의 남편이라니! 그거 참 대단한 열정이군요."

"나는 그녀에게 정말 대담하다고 말해 주었지요."

"오! 그녀는 무슨 일에나 대담하긴 하죠. 그런데 페롤은 어떤 사람인가요? 나는 아직 그 사람을 잘 몰라요."

"아름다운 여자들의 남편은 대개 범죄 계급에 속하는 겁니다."

헨리 경이 포도주를 홀짝거리며 말했다.

"헨리 경, 사람들이 당신을 아주 사악한 인간이라고 말하는 것도 전혀 무리는 아니군요."

나버러 부인이 그를 부채로 쳤다.

"그런데 어떤 사람들이 그런 말을 하는 겁니까?"

헨리 경이 눈썹을 치켜 올리며 물었다.

"아마 다음 세상에서나 그런 말이 나올 거예요. 지금 세상과 저는 아주 사이가 좋거든요."

"내가 아는 사람들은 모두 당신이 무척 사악한 인간이라고 말하던데요."

노부인이 고개를 저으며 큰 소리로 말했다.

헨리 경은 잠시 진지한 태도를 보였다.

"정말 어처구니가 없네요."

마침내 그가 입을 열었다.

"전적으로 틀림없는 사실인 것에 대해 등 뒤에서 험담

을 일삼는 요즘 사람들의 행태 말입니다."

"헨리 경은 정말 말릴 수가 없어요."

도리언이 의자에서 몸을 앞으로 내밀며 큰 소리로 말했다.

"그런 것 같군요."

여주인이 웃으면서 말했다.

"허나 당신들이 모두 그런 해괴망측한 이유로 페롤 부인을 숭배한다면 나도 유행을 따라 재혼을 해야겠군요."

"나버러 부인, 부인은 결코 재혼하지 않을 겁니다."

헨리 경이 말을 가로막았다.

"부인께서는 무척 행복하셨거든요. 여자가 재혼을 하는 건 첫 남편을 몹시 싫어했기 때문이에요. 반대로 남자가 재혼을 하는 건 첫 부인을 몹시 사랑했기 때문이고요. 여자들은 운을 시험해 보지만, 남자들은 자신의 운을 걸 지요."

"나버러는 완벽하지 못했어요."

노부인이 큰 소리로 말했다.

"만약 완벽하셨다면 부인은 남편을 사랑하지 않으셨겠

지요."

헨리 경이 대답했다.

"여자들은 우리 남자들에게 있는 결점 때문에 남자를 사랑하는 겁니다. 우리가 결점투성이라고 해도 여자들은 무엇이든 용서합니다. 심지어 지성까지도 말입니다. 이런 말을 했다고 부인이 다시는 저를 만찬에 초대하지 않으시면 어쩌죠? 하지만 나버러 부인, 제 말은 분명한 사실입니다."

"헨리 경, 물론 당연히 사실이지요. 우리 여자들이 결점 때문에 당신들을 사랑하지 않았다면 당신들은 모두 어떻게 됐겠어요? 누구도 결혼하지 못했겠죠. 모두 불행한 독신자 신세가 되고 말았을 거예요. 하지만 그런 상황이라고 해도 남자들은 별로 달라지는 게 없더라고요. 요즘은 결혼한 남자들이 독신자 행세를 하고, 독신 남자들은 모두 기혼자 행세를 하잖아요."

"세기말이라서 그래요."

헨리 경이 중얼거렸다.

"말세예요."

180

여주인이 대답했다.

"차라리 말세라면 좋겠어요. 삶은 온통 절망뿐이에요."

도리언이 한숨을 쉬며 말했다.

"어머나, 여봐요."

나버러 부인이 장갑을 끼며 큰 소리로 말했다.

"지칠대로 지친 삶을 산다고 말하는 건 아니겠죠. 남자가 그런 말을 하면 사람들은 삶이 그를 피폐하게 만든 줄로 알 거예요. 헨리 경은 아주 나쁜 사람이고 나도 가끔 사악해지고 싶을 때가 있긴 하지만 당신은 천성적으로 선한 사람이잖아요. 당신은 너무나 착하게 생겼어요. 내가 멋진 신붓감을 소개해 드려야겠어요. 헨리 경, 그레이 씨도 이제는 결혼을 해야 한다고 생각하지 않으세요?"

"나버러 부인, 저도 늘 그렇게 말하고 있습니다."

헨리 경이 고개를 숙여 인사하며 말했다.

"자, 그럼 우리가 그레이 씨에게 어울리는 짝을 찾으면 되겠군요. 오늘 밤 당장 『디브렛 귀족 연감』을 샅샅이 뒤져 신붓감으로 적당한 숙녀들의 목록을 만들겠어요."

"나버러 부인, 나이도 알 수 있나요?"

도리언이 물었다.

"물론이죠. 실제와는 약간 차이가 있겠지만 무슨 일이든 서두를 필요는 없잖아요. 《모닝 포스트》에서 잘 어울리는 한 쌍이라고 부르는 그런 부부가 되어 두 사람이 행복했으면 좋겠어요."

"사람들이 행복한 결혼에 대해 이러쿵저러쿵 말들을 하는데 정말 터무니없다니까요. 남자는 어떤 여자와도 행복해질 수 있거든요. 그 여자를 사랑하지 않으면 말이지요."

"오, 당신이란 사람은 너무나 냉소적이에요!"

노부인이 의자를 뒤로 빼고 럭스턴 부인에게 동의를 구하듯 고개를 끄덕이며 소리쳤다.

"조만간 우리 집에 다시 모여서 저녁 식사를 함께 해요. 당신은 정말 훌륭한 강장제예요. 앤드루 경이 처방해 주는 약보다 훨씬 나아요. 그래도 당신이 어떤 사람을 만나고 싶은지 꼭 말해 줘야 돼요. 난 즐거운 모임이 됐으면 좋겠어요."

"저는 미래가 있는 남자, 그리고 과거가 있는 여자들을 좋아해요."

그가 대답했다.

"아니면 아예 여자들만의 파티로 만들면 어떨까요?"

"그렇게 될까 봐 걱정이에요."

노부인이 일어서며 말했다.

"어머나, 정말 미안해요. 럭스턴 부인, 담배를 아직 다 못 피우신 걸 몰랐어요."

"괜찮아요, 나버러 부인. 제가 원래 담배를 많이 피우잖아요. 미래를 위해서라도 이젠 좀 줄여 볼까 생각 중이에요."

"럭스턴 부인, 제발 그런 말씀 마세요."

헨리 경이 말했다.

"절제는 치명적인 거라니까요. 딱 좋다는 건 한 끼 식사만큼 나쁜 겁니다. 넘치는 것이야말로 잔칫상만큼 좋은 거지요."

럭스턴 부인은 호기심이 생기는 듯 헨리 경을 쳐다보았다.

"헨리 경, 아주 흥미로운 이론이군요. 언제 한번 우리 집에 와서 좀 더 설명해 주세요."

그녀가 치마를 끌며 미끄러지듯 방을 나가며 낮은 소리로 말했다.

"이제 남자분들은 정치나 스캔들 같은 얘기는 너무 오래 끌지 마세요."

나버러 부인이 문 앞에서 큰 소리로 말했다.

"만일 그렇게 하신다면 우린 2층에서 싸움을 하고 있을 테니까요."

남자들은 껄껄 웃었고, 채프먼 씨는 진지한 표정으로 식탁 끝에서 일어나 맨 윗자리로 가고 도리언 그레이는 헨리 경 옆자리로 가서 앉았다. 채프먼 씨는 하원의 상황에 대해 큰 소리로 이야기하기 시작했다. 자신의 정적에 대해 이야기할 때는 크게 웃어 댔는데, 그가 말할 때마다 영국 정신에 있어서는 소름 끼치는 단어인 공론가가 자주 등장하곤 했다. 그는 첫 글자의 발음이 같은 단어를 연거푸 사용하면서 자신의 웅변이 멋지게 들리도록 만들었다.

그는 사상의 정점에 국기인 유니언잭을 꽂았다. 선조로부터 물려받은 어리석음이야말로, 그는 이것을 정말 기분

좋게 건전한 영국적 상식이라고 불렀는데, 이를 사회를 위한 방파제라고 했다.

헨리 경이 미소를 지으며 몸을 돌려 도리언을 바라보았다.

"이보게, 이제 기분이 좀 좋아졌나? 식사할 때는 기분이 꽤나 언짢아 보이던데."

"한결 좋아졌어요. 해리, 피곤해서 그런가 봐요."

"어젯밤에 자네는 정말 근사하더군. 그 어린 공작부인이 당신 매력에 맥을 못 추더군. 셀비에 한번 가보겠다고 하던데."

"20일에 온다고 했어요."

"먼머스도 함께 온다던가?"

"아, 네. 해리."

"먼머스 때문에 지루해서 죽겠더군. 공작부인도 비슷했을 거야. 그건 그렇고, 공작부인 참으로 영리해. 여자로선 지나칠 정도로 똑똑하다보니 연약함이라고 하는, 말로 설명하기 매력은 좀 없지만 말이야. 금으로 만든 동상을 고귀하게 만드는건 진흙으로 만든 발이라네. 그녀의 발은 예쁘지만 진흙으로 만든 것은 아니야. 이렇게 불러도 좋다면 하얀 도자기로 만들었다고나 할까. 그 발은 불길을 거쳐 온 거야. 불길은 그 발을 파괴하기보다는 오히려 더 단단하게 만들었지. 그녀는 많은 걸 경험했어."

"그녀는 결혼한 지 얼마나 됐죠?"

도리언이 물었다.

"영겁의 세월이라고 말하더군.『귀족 연감』에 의하면 10년이지만, 먼머스와 함께 산 10년이면, 덤으로 엄청난 시간이 보태져 영원처럼 느껴졌겠지. 한데 누가 더 오기로 되어 있지?"

"오, 월러비 부부, 럭비 경과 부인, 우리 안주인인 제프리 클루스턴이에요. 늘 모이던 사람들이죠. 그로트리언 경도 오실 거고요."

"그 사람 마음에 들더군."

헨리 경이 말했다.

"그를 좋아하지 않는 사람들이 많은 것 같던데 내가 보기엔 아주 매력적인 사람이야. 가끔 옷차림이 과하기도 하지만 그 정도야 늘 보여 주는 수준 높은 교양으로 보상하고도 남지. 그는 정말 현대적인 인물의 전형이야."

"해리, 그분이 꼭 오실지는 모르겠어요. 부친과 함께 몬 테카를로에 갈수도 있다고 했거든요."

"아! 가족이란 정말 성가신 존재들이야. 그가 올 수 있 게 최대한 애써 봐. 그건 그렇고, 도리언, 당신은 어젯밤에 아주 일찍 갔더군. 11시도 안 돼서 갔던데. 그 후에 뭘 한 거지? 곧바로 집에 갔나?"

도리언은 황급하게 헨리 경을 힐끗 쳐다보고는 눈살을 찌푸렸다.

"아니에요, 해리. 거의 3시가 다 돼서 갔는걸요."

"클럽에 갔었나?"

"예."

도리언은 입술을 깨물었다.

"아뇨, 아니에요. 클럽에는 안 갔어요. 그냥 여기저기 돌아다녔는데 뭘 했는지는 정확히 기억나지 않아요…….
헌데 해리, 뭘 그리 캐묻는 거예요! 당신은 언제나 누가 뭘 하는지 궁금해 하네요. 나는 잊고 싶은데. 정확한 시간 이 알고 싶어요? 어젯밤 2시 30분에 집에 들어갔어요. 현관문 열쇠를 잊고 나와서 하인이 문을 열어 줬거든요. 확실한 증거를 원하시면 하인에게 물어보던가요."

헨리 경은 어깨를 으쓱했다.

"도리언, 내가 시시콜콜 알고 싶었던 것처럼 돼버렸군 그래. 그만 거실로 올라가지. 채프먼 씨, 고맙지만 셰리주는 이제 그만 마시겠어요. 도리언, 자네 무슨 일이 있는 것 같은데? 무슨 일인지 말 좀 해 봐요. 오늘 밤은 영 딴 사람 같아."

"해리, 괜찮아요. 신경도 예민하고 기분도 별로 안 좋아서 그래요. 내일이나 모레 들를게요. 나버러 부인께는 대신 사정을 말씀해 주세요. 이만 가야겠어요."

"좋아, 그렇게 그때쯤 가도록 할게요."

그가 방을 나서며 말했다.

도리언은 마차를 타고 집으로 돌아가면서 사라졌다고 생각했던 공포가 다시 찾아오는 것 같은 느낌을 받았다. 헨리 경이 무심코 던진 질문에 순간적으로 간담이 서늘해졌고 신경이 안정되었으면 하고 바랐다. 얼른 위험한 물건들을 없애야겠다는 생각을 했다. 그는 움찔했다. 그 물건들에 다시 손을 댄다는 생각만으로도 끔찍했다. 그러나 꼭 해야 할 일이었다. 그는 그 사실을 깨달았다.

그는 서재 문을 걸어 잠그고 바질 홀워드의 외투와 가방을 쑤셔 박은 비밀 옷장을 열었다. 활활 타오르는 벽난로 불길 위에 장작을 하나 더 얹고 그것들을 태웠다. 옷이 그을리고 가죽이 타는 냄새가 아주 지독했다. 45분이 걸려서야 전부 태울 수 있었다. 그 일을 마치고 나니 머리가 어지럽고 속이 매스꺼웠다. 그는 구멍이 뚫린 구리 향로에 알제리산 향을 피워 놓고 사향 냄새가 나는 차가운 식초로 손과 이마를 닦았다.

그러다 별안간 깜짝 놀라 두 눈을 이상하게 번득이며 신경질적으로 입술을 깨물었다. 창문과 창문 사이에는 커다란 피렌체 양식의 장식장이 있었다. 흑단으로 만들고 상아와 청금석으로 상감 세공한 것인데 그는 그것이 사람을 홀리고 두렵게 만드는 물건이라도 되는 것처럼 바라보았다. 그 안에 원하는 동시에 몹시 싫기도 한 물건이 들어 있기라도 한듯 뚫어지게 보았다. 호흡이 빨라지고 걷잡을 수 없는 욕망이 엄습했다.

그는 담배에 불을 붙였다가 그냥 던져 버렸다. 눈꺼풀
이 축 처져 긴 속눈썹이 거의 뺨에 닿을 것 같았지만 여
전히 장식장만 바라보고 있었다. 마침내 누워 있던 소파
에서 일어나 장식장 쪽으로 다가가 문을 열고 감춰진 용
수철을 건드렸다. 그러자 삼각형 모양의 서랍이 튀어나왔
다. 그의 손가락은 본능적으로 움직여 서랍 안의 뭔가를
찾아 꼭 쥐었다. 그것은 금가루를 바른 작고 검은 중국제
상자였다. 매우 정교하게 만든 것으로 옆면에는 꿈틀대는
물결무늬가 새겨져 있고 비단 끈에는 수정 구슬이 달려
있었으며 금속 실 여러 개를 꼬아 만든 술 장식이 달려 있
었다. 그는 상자를 열었다. 그 속에는 밀랍처럼 빛나는 녹
색 반죽이 들어 있었는데 코에 달라붙어 가시지 않는 이
상한 냄새를 풍겼다.

그는 잠시 주저하다가 굳은 미소를 띠었는데 방 안 공
기가 매우 더웠는데도 부르르 떨었다. 12시 20분 전인 것
을 확인한 그는 상자를 다시 넣어 두고 장식장 문을 닫은
다음 침실로 갔다.

어스레한 밤공기를 가르며 청동 종이 자정을 알리며

어슴푸레한 밤공기를 가르자 도리언 그레이는 평범한 옷
차림에 목도리를 두르고서 조용히 집을 빠져나왔다. 본드
가를 지나다 훌륭한 말이 끄는 이륜마차를 발견하고는 세
웠다. 마부에게 낮은 소리로 주소를 말하자 그가 고개를
저었다.

"너무 멀어요."

"1파운드짜리 금화를 주지. 빨리 달리면 한 개를 더 주
겠소."

도리언이 말했다.

"좋습니다. 나리."

마부가 대답했다.

"한 시간 내로 도착할 겁니다."

마부는 요금을 받은 다음, 말머리를 돌려 재빨리 강을
향해 마차를 몰기 시작했다.

제16장

왕자와 가난한 젊은이의 만남

차가운 빗방울이 떨어지기 시작했고 흐릿한 가로등은 축축한 안개 속에 유령처럼 보였다. 막 문을 닫으려는 술집 주변에 남자와 여자들이 무리지어 서 있는 모습이 어렴풋이 보였다. 어떤 술집에서는 소름 끼치는 웃음소리가 흘러나왔고, 또 어떤 술집에서는 술 취한 남자들이 서로 멱살을 움켜잡으며 싸우는 소리가 들렸다.

모자를 이마까지 깊게 눌러쓴 채 마차 안에서 의자에 기대 누운 도리언 그레이는 거대한 도시의 더럽고 부끄러운 광경을 피곤한 눈으로 바라보면서 헨리 경을 처음 만났을 때 들었던 말을 이따금씩 혼잣말로 중얼거리곤 했다.

"감각으로 영혼을 치유하고, 영혼으로 감각을 치유한다."

바로 이게 비법이었던 것이다. 그는 이 방법을 자주 써먹었고 지금 또다시 그것을 시도해보려 했다. 누구든 망각을 살 수 있는 아편굴이, 옛 죄악에 대한 기억을 광기 어린 새로운 죄악으로 지울 수 있는 공포의 소굴이었다.

하늘에는 해골 같은 누런 달이 낮게 떠 있었다. 가끔 흉하게 생긴 구름이 긴 팔로 달을 가리기도 했다. 불 켜진 가스등이 점점 줄어들수록 거리는 어둡고 음산해졌다. 마부가 길을 잘못 들어서는 바람에 반 마일 가량을 돌아가야 했다. 웅덩이를 지날 때면 말 몸뚱이에서 김이 무럭무럭 피어올랐다. 잿빛 플란넬 같은 안개가 마차의 창문을 부옇게 만들어 시야를 가렸다.

'감각으로 영혼을 치유하고, 영혼으로 감각을 치유하는 것!'

이 말이 그의 귓가에서 얼마나 울려 댔던가! 감각이 영혼을 치유한다는 말은 사실일까? 분명 그의 영혼은 깊이 병들어 있었다. 죄 없는 사람들이 피를 흘렸는데 그것을 무엇으로 보상할 수 있을까? 오, 그것에 대해 속죄할 길은 없었다. 하지만 용서받지 못한다고 해도 망각은 언제든지 가능한 일이다. 결국 그는 잊어버리자고, 과거 일에 대한 기억을 몽땅 없애 버리자고, 사람을 문 살모사를 짓밟듯이 기억을 짓밟자고 다짐했다.

도리언은 바질이 자신에게 했던 말을 생각해 보았다. 그는 무슨 권리로 그런 말을 했단 말인가! 누가 바질에게 다른 사람을 판단할 수 있는 권리를 주었단 말인가! 끔찍하고도 잔인하며 도저히 참을 수 없는 말을 한 것은 바로 그였다.

마차는 계속 달렸지만, 그는 말이 걸음을 내딛을 때마다 점점 더 느려지는 것 같은 생각이 들었다. 자신과 마부 사이에 있는 칸막이를 들어 올려 좀 더 빨리 달리라고 독촉을 했다. 아편을 향한 주체할 수 없는 욕망이 그를 물어뜯기 시작했다. 목이 타들어갔고 섬세한 두 손은 신경질적으로 경련을 일으켰다. 그는 지팡이로 미친 듯이 말을 후려쳤다. 마부가 웃더니 말에게 채찍질을 해 댔다. 도리언이 웃음으로 답하자 마부는 입을 다물었다.

길은 가도 가도 끝이 없는 것 같았다. 거리는 기어 다니는 거미가 지어 놓은 거미집처럼 느껴졌다. 그는 거리의 단조로운 풍경에 미칠 것 같았고 안개가 짙게 깔리자 두려움이 엄습했다.

이윽고 마차는 외딴 벽돌 공장 곁을 지났다. 안개가 열어졌는지 이상하게 생긴 병 모양의 벽돌 가마가 눈에 들어왔다. 그 가마 속에서 오렌지색 부채 같은 불길이 날름거리며 타올랐다. 그들이 지나가자 개 한 마리가 짖어 댔고 멀리 어둠 속을 날아다니던 갈매기가 날카롭게 울어 댔다. 말은 잠시 파인 바큇자국에 빠져 비틀거리다가 이내 빠져나와 전속력으로 달렸다.

시간이 조금 지나서 마차는 황톳길을 벗어나 대충 포장된 길을 다시 덜컹대며 달렸다. 대부분 창문들은 불이 꺼져 있었지만 가끔씩 램프 빛이 흘러나와 환상적인 그림자를 만들어 내는 집도 보였다. 그는 신기한 듯 그림자를 보았다. 기이한 꼭두각시처럼 움직이는 그림자들은 살아 있는 생물체처럼 느껴졌다. 그는 그 광경이 싫었다. 마음속에서 알 수 없는 분노가 끓어올랐다. 모퉁이를 돌자 한 여자가 문을 열고 뭐라고 소리를 질렀고 두 남자가 약 100미터 정도를 뒤쫓아 왔지만 마부가 채찍을 휘둘러 쫓아 버렸다.

열정은 주기적으로 반복적인 생각에 빠져들게 만든다고 한다. 도리언 그레이도 입술을 깨물면서 영혼과 육체에 대한 그 미묘한 말을 계속해서 곱씹었고 마침내 그 말이 자신의 기분을 완벽하게 표현하고 있다는 것을 깨달았다. 그러고는 머릿속에서 승인 과정을 통해 그런 열정을 정당화했다. 그렇게 하지 않으면 자신의 격정은 계속해서 억눌려 있을지도 모를 일이었다. 두뇌 세포와 세포 사이를 한 가지 생각이 기어 다녔다. 살아야겠다는 강렬한 욕망이 떨리는 신경과 신경 섬유 하나하나에 활기를 불어넣었다. 모든 것을 현실로 만들어 버린다는 이유로 그가 함께 혐오했던 추악함이 유일한 현실이었다. 상스러운 말다툼, 역겨운 소굴, 무질서한 삶이 저지른 난폭한 폭력, 도둑과 불량배의 비열함 등이 예술에서 보여 주는 그 어떤 우아한 형태나 노래에서 느낄 수 있는 꿈결 같은 그림자보다 훨씬 더 생생하게 다가왔다. 바로 이런 것들이야말로 망각을 위해 그가 필요로 했던 것이었다. 사흘만 지나면 그는 자유로워질 것이다.

어두운 골목 끝에서 마부가 갑자기 고삐를 당겨 마차를 세웠다. 나지막한 지붕들과 들쭉날쭉한 굴뚝들 너머로 솟아 있는 배들의 우뚝 솟은 돛대가 보였다. 희뿌연 안개의 소용돌이가 활대에서 유령선처럼 너울거렸다.

"나리, 이 근처 어디죠, 그렇지 않은가요?"

마부가 칸막이 문을 열고 쉰 목소리로 물었다. 도리언이 깜짝 놀라 주위를 두리번거렸다.

"여기에서 내리겠네."

그가 대답했다. 그리고 서둘러서 마차에서 내려, 약속한 대로 마부에게 추가 요금을 주고는 부두 쪽으로 재빨리 걸음을 옮겼다. 여기저기에 정박한 커다란 상선의 고물에서 랜턴 빛이 희미하게 반짝였다. 빛은 물웅덩이들 속에서 흔들리며 사방으로 흩어졌다. 석탄을 싣고 출항하는 외항 증기선에서 붉은 섬광이 번쩍였다. 진흙투성이의 인도는 비에 젖은 방수포처럼 번들거렸다.

그는 뒤쪽을 힐끔거리면서 혹시 자신을 미행하는 사람이 있지는 않은지 살피며 걸었다. 그렇게 7, 8분을 걸어 도착한 곳은 황량한 공장 두 군데 사이에 처박혀 있는 작고 초라한 집이었다. 맨 위층 창문들 중 하나에 램프가 세워져 있었다. 그는 자신만의 독특한 방식으로 문을 두드렸다.

조금 지나자 복도를 걸어오는 발소리에 이어, 잠근 쇠사슬을 푸는 소리가 들렸다. 조용히 문이 열렸고 도리언은 안으로 들어가 아무런 말도 하지 않은 채 자신의 그림자 안에 붙은 것처럼 웅크리고 앉은 기형적인 형체를 지나쳤다. 복도 끝에 걸려 있는 다 낡은 녹색 커튼이 그를 따라 들어온 돌풍에 이리저리 흔들렸다. 그는 커튼을 옆으로 젖히고는 한때는 삼류 댄스홀이었을 것으로 보이는 길쭉하고 천장이 낮은 방 안으로 들어섰다.

벽 사방으로 늘어서 있던 가스등에서 나오는 강렬한 불빛이 맞은편 지저분한 거울 속에서 희미하게 뒤틀린 모습으로 보였다. 기름투성이 양철 반사판이 가스등 뒤에서 떨리는 원형의 빛을 한곳으로 모아 되비추었다. 황토색

톱밥이 깔린 바닥에는 여기저기 진흙이 뭉개져 있고 술을 엎지른 듯한 둥근 흔적이 시커먼 원으로 얼룩져 있었다. 작은 숯 난로 곁에는 말레이 사람 몇 명이 쭈그리고 앉아 하얀 이를 드러내며 수다를 떨면서 골패를 가지고 노름을 하고 있었다. 한쪽 구석에는 선원 한 명이 두 팔에 머리를 파묻고 탁자 위에 뻗어 있었고, 한쪽 벽에 가로놓인 요란한 색채의 바 옆에는 초췌한 여자 둘이서 역겨운 표정으로 외투의 소매를 털어 내는 노인을 놀려 댔다.

"붉은 개미들이라도 있는 줄 아는 모양이지?"

도리언이 그들 곁을 지나칠 때 한 여자가 웃으며 말했다. 노인은 겁에 질린 듯 그녀를 바라보다가 훌쩍이기 시작했다.

방 한쪽 끝에는 어두운 방으로 이어지는 작은 계단이 있었다. 서둘러 낡아빠진 계단 세 개를 오르자 아편 냄새가 그를 맞았다. 그는 숨을 깊이 들이마셨다. 그러자 콧구멍이 쾌락으로 파르르 떨렸다. 그가 방 안에 들어서니 부드러운 노란 머리의 젊은이가 램프 위로 몸을 숙이고 길고 가는 파이프에 불을 붙이다가 도리언을 올려다보고는 머뭇거리더니 고개를 끄덕여 인사했다.

"자네 여기 있었나, 에이드리언?"

도리언이 낮은 목소리로 말했다.

"내가 달리 어딜 가겠나? 이젠 누구도 내게 아는 척을 하지 않는다네."

그가 힘없이 대답했다.

"자네가 영국을 떠난 줄 알았네."

"달링턴이 아무것도 해주려 하지 않더군. 결국 형이 청구서의 돈을 다 지불해 줬어. 조지는 나랑 말도 안 하고……. 하지만 상관없어."

그가 한숨을 쉬며 덧붙였다.

"이놈만 있으면 친구는 없어도 되거든. 사실 친구가 너무 많았던 것 같아."

그가 한숨을 쉬며 말했다.

도리언은 주춤하더니, 걸레 같은 매트리스 위에 묘한 자세로 누워 있는 기괴한 몸뚱이들을 훑어보았다. 뒤틀린 팔다리, 헤벌어진 입, 빤히 보고 있지만 생기라곤 전혀 없는 눈들이 그를 매혹시켰다. 그는 이들이 어떤 낯선 천국에서 고통을 겪고 있는지, 어떤 암담한 지옥에서 새로운 기쁨을 느끼고 있는지 잘 알고 있었다. 그들은 자신보다 형편이 나은 편이었다. 그가 생각이라는 감옥에 갇혀 지내는 동안 무서운 질병처럼 기억이 그의 영혼을 조금씩 파먹어 가고 있었다. 그는 이따금 바질 홀워드가 자신을 바라보고 있는 것만 같았다. 그렇지만 에이드리언 싱글턴 때문에 이곳에 머물 수는 없을 것 같았다. 그는 아무도 자신을 모르는 곳에 있고 싶었다. 그는 자기 자신으로부터 달아나고 싶었다.

"나는 다른 곳으로 가야겠어."

잠시 침묵이 흐른 뒤에 도리언이 말했다.

"부두로 가려고?"

"그래."

"그 미친 고양이 같은 년이 분명 거기에 있을 거야. 이제 이곳에서도 그녀를 원하는 사람들이 없거든."

도리언은 어깨를 으쓱했다.

"난 내게 사랑을 애걸하는 여자들이라면 이제 질색이야. 오히려 증오심을 가진 여자들이 훨씬 흥미롭지. 게다가 약도 거기가 더 낫고 말이야."

"거기나 여기나 똑같아."

"나는 그쪽이 더 좋아. 자, 이리 와서 뭐라도 마시지. 난 뭘 좀 들이켜야겠어."

"나는 생각 없어."

젊은이가 중얼거렸다.

"괜찮아."

에이드리언이 마지못해 자리에서 일어나 도리언을 따라 바로 향했다. 낡을 대로 낡은 터번을 두르고 누더기 얼스터 코트를 입은 혼혈인이 그들 앞에 브랜드 한 병과 큰 컵 두 개를 주면서 흉측한 인상으로 싱긋 웃으며 인사했다. 여자들이 슬그머니 다가와서는 수다를 늘어놓기 시작했다. 도리언은 그 여자들에게 등을 돌린 채 에이드리언에게 낮은 목소리로 이야기를 시작했다.

"오늘 밤 찾아주셔서 정말 영광이에요."

한 여자의 얼굴 위로 말레이 사람 특유의 주름처럼 뒤틀린 미소를 지은 여자가 비웃으며 말을 걸었다.

"제발 나에게 말 걸지 좀 마."

도리언이 발로 바닥을 구르며 소리쳤다.

"뭘 원하는 거야? 돈? 자, 돈이면 여기 있으니까 두 번 다시는 내게 말 걸지 말라고."

생기 없는 여자의 눈에서 잠시 빨간 불꽃이 번득이는가 싶더니 이내 푹 꺼져버리며 생기 없고 흐리멍덩한 눈으로 되돌아왔다. 그녀는 머리를 쳐들고는 계산대 위의 동전들을 탐욕스럽게 긁어모았다. 다른 여자가 시기 어린 눈빛으로 그녀를 바라보았다.

"소용없어. 나는 돌아가고 싶지 않아. 어디에 있든 그게 무슨 상관인가? 나는 여기에서 행복해."

에이드리언 싱글턴이 한숨을 쉬며 말했다.

"뭐든 필요한 게 있으면 내게 연락해. 알았지?"

도리언이 잠시 침묵을 지키다가 말했다.

"어쩌면."

"그럼 잘 있게."

"잘 가."

젊은이는 계단을 오르며 바싹 마른 입술을 손수건으로 닦으면서 대답했다.

도리언은 얼굴에 고통스러운 표정을 지으며 문 쪽으로 걸어갔다. 커튼을 젖히자 좀 전에 그에게서 돈을 받은 여자가 립스틱 칠한 입술에서 소름 끼치는 웃음을 터뜨렸다.

"악마랑 거래한 놈이 저기 가는군."

그녀가 딸꾹질을 해 가며 쉰 목소리로 말했다.

"빌어먹을 년!"

그가 대답했다.

"나를 그런 식으로 부르지 말란 말이야!"

그러자 그녀가 두 손가락을 마주쳐 딱 소리를 내며 말했다.

"백마 탄 왕자님이라고 불러드려야 마음에 드시려나. 그런 거야?"

그녀가 그의 등 뒤에 대고 고함을 질렀다.

그녀가 이렇게 말하는 순간 졸고 있던 한 선원이 벌떡 일어나더니 사나운 표정으로 정신없이 주위를 두리번거렸다. 곧이어 그의 귀에 현관문 닫히는 소리가 들렸다. 그러자 선원은 벌떡 일어나 마치 누군가를 추격하는 사람처럼 재빨리 뛰쳐나갔다.

　도리언 그레이는 부슬비를 맞으며 부두를 따라 걸음을 재촉했다. 에이드리언 싱글턴을 만났기 때문인지 이상하게도 그의 마음이 어수선해졌고 바질 홀워드가 자신에게 내뱉었던 모욕적인 말처럼 진짜로 자신이 그를 파멸시킨 건 아닐까 하는 의구심이 생겼다. 그는 입술을 깨물었다. 잠시 그의 눈에 슬픔이 엿보였지만 결과적으로 그게 무슨 상관인가 하는 생각이 들었다. 다른 사람의 잘못까지 짊어지고 가기에는 인생이 너무 짧다. 사람들은 모두 각자의 인생을 사는 것이고 그 인생에 대한 대가를 지불한다. 하지만 단 한 가지 유감스러운 일이라면, 단 한 번의 실수 때문에 빈번하게 대가를 지불해야 한다는 점이다. 정말 수없이 반복해서 대가를 지불해야 한다. 운명의 여신은 인간과 거래하면서 결코 치러야 할 대가를 청산해 주는 법이 없다.

　심리학자들의 말에 따르면, 죄 혹은 세상이 죄라고 부르는 것에 대한 욕망이 본성을 지나치게 지배한 나머지 모든 뇌세포는 물론이고 몸속의 모든 섬유 조직까지도 무서운 충동으로 가득 차는 듯한 순간이 있다고 한다. 그런 순간이 오면 남자든 여자든 자기 의지의 자유를 잃어버린 다. 마치 자동인형처럼 끔찍한 종말을 향해 움직이는 것 이다. 선택의 기회는 빼앗기고, 양심 또한 파괴되거나 혹 양심이 살아 있다고 해도 그저 반항과 위반을 매혹적인 것으로 여기기 위해 살고 있을 뿐이다. 신학자들이 수도 없이 우리에게 상기시켰듯이, 모든 죄는 불복종의 죄이기 때문이다. 그 고매한 정신과 사악한 악의 샛별이 하늘에 서 떨어졌을 때 그것은 실로 반항으로 떨어진 것이다.

도리언은 선악의 감각을 상실한 채 악에만 집중하며 서둘러 걸음을 재촉했다. 그는 지금 가고 있는 저 악명 높 은 장소에 가기 위해 자주 이용하던 지름길을 택했다. 그 렇게 걸어 마침내 어둑한 아치 길로 들어서는 순간 누군 가가 갑자기 뒤에서 붙잡는 것을 느꼈고 미처 막을 틈도 없이 벽에 떠밀렸다. 이윽고 거친 손에 목이 졸렸다.

그는 살기 위해 미친 듯 몸부림치며, 단단히 죄어 오는 손가락들을 온 힘을 다 쏟아 비틀어 떼어 냈다. 다음 순간 연발 권총의 딸각하는 소리가 들리고 도리언의 눈앞에 번

쩍이는 총신과 작고 땅딸막한 남자의 거무스레한 형체가
나타났다.

"뭘 원하는 거요?"

도리언이 숨을 헐떡이며 소리쳤다.

"닥쳐. 움직이면 쏠 거야."

남자가 말했다.

"미쳤군. 내가 뭘 어쨌다고 이러는 건가?"

"네놈은 시빌 베인의 인생을 망쳤잖아."

남자가 대답했다.

"시빌 베인은 내 누나였어. 누나는 자살을 했지. 그건
나도 알아. 하지만 네놈 때문에 죽은 거야. 난 네놈을 죽
여 복수하기로 맹세했지. 그래서 난 몇 년간이나 네놈을
찾아다녔어. 단서는 아무것도 없고 흔적도 없었어. 네놈
에 대해 말해 줄 수 있는 두 사람은 이미 죽었더군. 누나
가 네놈을 부르던 그 애칭 말고는 아무것도 없었지. 한데
말이야. 오늘 밤 우연히 그 이름을 들은 거야. 자, 이제 모
든 걸 잊고 눈감으시지 그래? 오늘 밤이 네놈 제삿날이
될 테니까."

"나는 모르는 여자야. 그런 여자 얘긴 들어본 적도 없어. 당신 미친 거야."

도리언은 겁에 질려 속이 울렁거렸다. 그가 더듬더듬 말했다.

"차라리 솔직하게 고백하는 게 좋을 거야. 내가 제임스 베인이라는 것이 분명하듯 오늘 밤에 네놈이 골로 가는 게 확실하니까."

무서운 순간이었다. 도리언은 무슨 말을 하고 어떤 행동을 해야 할지 전혀 알 수가 없었다.

"무릎 꿇어! 1분 여유를 줄 테니 그동안 평안을 빌도록 해. 그 이상은 안 돼. 난 오늘 밤 인도로 출항하는 배를 타야 하는데 우선 이 일을 끝내야 해. 자, 1분이야."

남자가 고함을 질렀다.

도리언의 두 팔이 양옆으로 축 늘어지고 공포로 온몸이 마비되어 어떻게 해야 할지 난감했다. 바로 그때 강렬한 희망이 불현듯 뇌리를 스쳤다.

"잠깐!"

그가 외쳤다.

"당신 누나가 죽은 지 얼마나 됐어? 어서 말해 봐!"

"18년이야."

남자가 말했다.

"한데 그건 왜 물어? 몇 년이 됐든 그게 무슨 상관이야?"

"18년! 18년이란 말이지. 나를 등불 아래로 데려가서 얼굴을 보지 그래."

도리언 그레이가 의기양양한 목소리로 웃으며 말했다. 제임스 베인은 무슨 뜻인지 이해를 못한 것처럼 잠시 머뭇거렸다. 하지만 이내 도리언 그레이를 움켜잡고 아치 길에서 끌어냈다.

바람에 흔들려 등불이 흔들리고 흐릿하긴 했지만 자신이 큰 잘못을 저질렀음을 보여 줄 정도는 되었다. 자신이 죽으려고 찾아 헤매던 남자라고 생각한 그 남자가 활짝 피어난 소년의 얼굴, 때 묻지 않은 순결한 젊은이의 얼굴이었던 것이다. 기껏해야 스무 살 안팎으로밖에 안 보였고, 설령 그보다 나이가 많다고 해도 오래전에 자신과 헤어졌던 누나의 나이보다도 많아 보이지 않았다. 이 사람은 누나의 인생을 망친 사람이 아닌 게 분명했다.

그는 움켜잡고 있던 손을 놓고 비틀거리며 물러났다.

"맙소사! 이럴 수가!"

그가 소리쳤다.

"내가 당신을 죽일 뻔했어!"

도리언 그레이는 길게 숨을 내쉬었다.

"이봐, 당신은 무서운 죄를 저지를 뻔했어. 이번 일을 교훈으로 삼고 멋대로 복수할 생각은 거두길 바라오."

도리언이 차가운 눈빛으로 상대방을 쏘아보며 말했다.

"선생님, 저를 용서하십시오. 제가 오해를 했어요. 저 저주받은 소굴에서 우연히 들은 말 한마디 때문에 그 만……."

제임스 베인이 낮은 소리로 말했다.

"이제 그만 집으로 가서 그 권총을 없애는 게 좋을 거요. 안 그랬다가는 또다시 말썽을 일으킬 테니."

도리언은 홱 돌아서서 천천히 거리를 내려갔다.

제임스 베인은 공포에 사로잡힌 채 도보에 우두커니 서 있었다. 머리부터 발끝까지 부들부들 떨려 왔다. 시간이 조금 흐르자 빗물이 떨어지는 담벼락을 따라 검은 그림자 하나가 슬며시 다가오더니 불빛 안으로 모습을 드러냈다. 그러곤 살금살금 그에게 가까이 다가왔다. 팔을 건드리는 누군가의 손길에 놀라 돌아보니 바에서 술을 마시던 여자들 중 하나였다.

"왜 그자를 안 죽였어?"

그 여자가 여윈 얼굴을 들이대며 조롱 섞인 목소리로 물었다.

"델리의 술집에서 뛰쳐나가기에 그자를 뒤쫓는 줄 알았구먼. 멍청한 놈! 넌 그자를 죽였어야 해. 그자는 돈도 많고 아주 나쁜 놈이야."

"내가 찾는 놈이 아니야."

그가 대답했다.

"그리고 난 남의 돈 따위는 관심 없어. 내가 필요한 건 한 남자의 목숨이야. 내가 목숨을 노리는 그놈은 지금 마흔쯤 됐을 거야. 한데 그 사람은 아직 소년티를 벗지 못했던데. 내 손에 그 사람 피를 묻히지 않은 게 정말 다행이야."

여자가 쓴웃음을 지었다.

"소년티도 못 벗었다고? 이봐, 그 왕자님이 나를 이 꼴로 만든 게 18년 전이야."

그녀가 비웃었다.

"거짓말 마!"

제임스 베인이 소리쳤다.

"하느님 앞에 맹세하고 진실만을 말하겠어."

그녀가 한 손을 하늘을 향해 쳐들었다.

"하느님 앞에 맹세한다고?"

"내 말이 거짓이면 날 벙어리로 만들어도 좋아. 그자는 이곳에 드나드는 인간들 중에 최고 악질이야. 소문에 의하면 그자는 아름다운 얼굴에 대한 대가로 악마에게 영혼을 팔았다지. 내가 그자를 만난 건 거의 18년 전이었어. 그런데도 그자는 전혀 변하지 않았어. 난 이 모양으로 변했는데 말이야."

그녀는 그를 노려보았다.

"그 말 맹세할 수 있어?"

"맹세한다니까! 하지만 그자에게 내 얘기는 하지 마."

그녀의 납작한 입에서 쉰 목소리가 흘러나왔다.

"난 그자가 무서워. 아무튼 어디서든 하룻밤 묵게 돈 좀 줘."

그녀가 애처롭게 말했다.

그는 욕설을 퍼부으면서 거리의 모퉁이 쪽으로 달려갔지만 도리언 그레이는 흔적도 없었다. 그가 뒤를 돌아보았을 때는 여자도 사라지고 없었다.

제17장

경고의 그림자

일주일 후 도리언은 셀비 로열의 온실에서 아름다운 먼머스 공작부인과 이야기를 나누고 있었다. 그녀는 지쳐 보이는 예순 살 가량의 남편과 함께 도리언의 초대를 받아 왔다. 차를 마시는 시간이었다. 레이스 갓을 씌운 탁자 위에 커다란 램프의 불빛이 그녀가 주인 노릇을 하며 내놓으려는 섬세한 도자기와 은을 두드려 만든 접시를 환하게 비추었다. 그녀의 하얀 손은 여러 찻잔들 사이를 우아하게 움직였고 도톰하고 붉은 입술은 좀 전에 도리언이 속삭인 말 때문인지 미소를 머금고 있었다. 헨리 경은 비단을 씌운 고리버들 세공 의자에 기대앉은 채 그들을 바라보았다. 나버러 부인은 복숭앗빛 소파에 앉아 먼머스 공작이 최근에 자신의 수집 목록에 추가한 브라질 딱정벌레에 대한 이야기를 경청하는 척하고 있었다. 정성들여 만든 스모킹 슈트를 입은 젊은이 세 명이 몇몇 여자들에게 케이크를 건네고 있었다. 초대 파티에는 열두 명이 모였고, 다음 날에 몇 사람이 더 올 예정이었다.

"두 사람은 무슨 얘기를 나누시나?"

헨리 경이 식탁 쪽으로 어슬렁거리며 다가와 찻잔을 내려놓으며 말했다. "글래디스, 혹시 세상 만물의 이름을 새로 바꾸어 부르겠다는 내 계획을 도리언이 말해 주지 않았어? 나는 그러기를 바랐거든. 아주 재미있는 생각이잖아."

"하지만 해리, 나는 새로운 이름을 붙이는 게 싫어요."

공작부인이 아름다운 눈으로 그를 올려다보며 말했다.

"난 내 이름에 아주 만족하고 있거든요. 그레이 씨도 분명히 자기 이름에 만족하실 거예요."

"오, 글래디스, 나는 두 사람의 이름을 바꿀 생각이 결코 없어. 두 사람 이름은 아주 완벽해. 나는 주로 꽃에 새

이름을 붙일까 해. 어제 단춧구멍에 꽂을 난초 같은 꽃을 한 송이 꺾었는데 그 멋진 꽃에 알록달록한 반점 무늬들이 일곱 개의 죄악만큼 인상적이더라고. 무심코 정원사에게 이름을 물었더니 로빈소니아나라든가 뭐라든가 하는 아주 지독한 이름의 훌륭한 표본이라고 말하더군. 슬픈 일이지만 사실 우리는 사물에 아름다운 이름을 붙이는 능력을 잃고 말았어. 이름이야말로 가장 중요한 건데. 나는 결코 행동을 놓고 불평하는 사람은 아니야. 내가 불평하는 이유는 오로지 낱말 때문이지. 내가 저속한 사실주의 문학을 싫어하는 이유도 바로 그 때문이지. 삽을 오직 삽이라고 부를 수 있는 사람은 삽만을 사용할 수밖에 없어. 그에게 어울리는 건 오로지 삽뿐이기 때문이지."

"해리, 그럼 당신은 뭐라고 부르면 좋을까요?"

"헨리 경은 역설의 왕자라고 해야죠."

도리언이 말했다.

"난 해리 오빠가 어떤 사람인지 대번에 알아차릴 수 있겠어요."

공작부인이 큰소리로 말했다.

"그런 이름은 듣지 않겠어."

헨리 경이 의자에 풀썩 주저앉으며 웃었다.

"한번 그런 딱지가 붙으면 벗어날 수가 없거든! 난 칭호를 거부해!"

"왕족의 칭호는 포기하지 않을 테죠."

아름다운 입술에서 훈계조의 말이 흘러나왔다.

"그럼 넌 내가 왕좌를 지키길 바라는구나?"

"그럼요."

"내일의 진실을 말해 주지."

"나는 오늘의 실수가 더 좋아요."

그녀가 대답했다.

"글래디스가 나를 완전히 무장해제 시키는군."

그는 쉽게 물러서지 않겠다는 그녀의 기분을 알아채고 큰 소리로 말했다.

"방패만 빼앗은 거예요. 해리, 창은 여전히 들고 있잖아요."

"나는 미인에게 절대로 창을 겨누지 않아."

그가 손을 내저으며 말했다.

"해리, 그게 바로 잘못이라니까요. 당신은 미를 너무 과대평가하고 있어요."

"어떻게 그런 말을 할 수가 있지? 선함보다는 아름다움이 훨씬 낫다고 생각하는 건 인정해. 하지만 나만큼 추함보다 선함이 훨씬 낫다고 생각하는 사람도 없을 거야."

"추함이 일곱 가지 죄악에 든다는 건가요?"

공작부인이 큰 소라로 물었다.

"그럼 난초에 관한 당신의 비유는 뭐죠?"

"글래디스, 추함은 일곱 가지 치명적인 덕목 가운데 하나야. 너는 충실한 토리 당원으로서 그런 미덕을 과소평가하면 안 되는 거야. 맥주와 성경, 일곱 가지 치명적인 덕목이 현재 우리 영국의 모습을 만든 거라고."

"그럼 오빠는 이 나라를 좋아하지 않는군요?"

그녀가 물었다.

"나는 이 나라에 살고 있잖아."

"그래서 오히려 더욱 이 나라를 비난하는 거죠?"

"유럽이 영국을 어떻게 평가하고 있는지 말해도 될까?"

그가 물었다.

"뭐라고 했는데요?"

"타르튀프(몰리에르의 희극 〈타르튀프〉의 주인공인 위선자)가 영국으로 이주해서 가게를 열었다고 하더군."

"해리, 그건 당신의 평가가 아닌가요?"

"난 유럽 사람들의 평가를 말해 주는 것뿐이야."

"그런 평가는 너무 사실적이라 어디에서 써먹을 수도 없겠어요."

"겁낼 필요는 없어. 우리나라 사람들은 절대로 그런 말 뜻을 이해하지 못할 테니까."

"우리나라 사람들은 실용적이죠."

"실용적이라기보다는 교활한 사람들이지. 계산 장부를 만들 때 어리석음을 부로, 악덕은 위선으로 차감하거든."

"그래도 우리는 위대한 일을 많이 해냈잖아요."

"글래디스, 그 위대한 일이라는 게 강요된 걸 억지로 했을 뿐이야."

"우리는 그런 일들에 대한 부담을 진 거예요."

"증권거래소에 한해서는 그렇지."

그녀가 고개를 저었다.

"나는 우리 민족을 믿어요."

그녀가 큰 소리로 말했다.

"우리 민족은 진취적인 기상을 대표하는 민족이지."

"그래서 발전했잖아요?"

"쇠퇴가 더 매력적이야."

"그럼 예술의 경우는 어떤가요?"

"병 들었어."

"사랑은요?"

"환각이지."

"종교는요?"

"믿음에 대한 유행적인 대용품일 뿐이야."

"당신은 회의론자군요?"

"천만에! 회의론은 믿음의 시작이야."

"그럼 오빠는 어떤 사람인가요?"

"정의하는 것은 한정 짓는 거야."

"내게 실마리를 좀 주세요."

"실마리라는 건 중간에 끊어지는 법이야. 그렇게 되면 미로에서 길을 잃고 말지."

"당신은 나를 혼란스럽게 만드는 군요. 이젠 다른 사람 얘기를 해요."

"이 집 주인이야말로 정말 재미있는 화젯거리지. 오래 전에 '백마 탄 왕자님'이라는 호칭을 얻었거든."

"아, 그 얘기는 하지 말아요."

도리언 그레이가 외쳤다.

"오늘 저녁 우리 집주인께서 불쾌하신 모양이네요."

공작부인이 얼굴을 붉히며 말했다.

"내 생각엔 먼머스가 나와 결혼한 것도 현대 나비들 가운데 가장 좋은 표본이라는 순수한 과학적 원칙에 따른 거라고 생각하는 것 같아요."

"남편께서 당신을 옷핀으로 찌르지 않기를 바랍니다, 공작부인."

도리언이 웃으며 말했다.

"어머나, 우리 집 하녀는 이미 그렇게 하고 있어요. 그레이 씨, 그녀는 나에게 화가 나면 그렇게 한답니다."

"공작부인, 무엇 때문에 하녀가 부인께 화를 내는 건데요?"

"정말로 아주 사소한 것들 때문이에요. 정말이에요. 도리언 씨, 보통 내가 9시 10분 전에 들어와서는 8시 30분까지는 옷을 갈아입어야 한다고 말할 때 그렇지요."

"분별없는 하녀로군요. 훈계를 하셔야겠어요."

"그레이 씨, 저는 감히 그럴 수가 없어요. 그녀가 내게 모자를 만들어 주거든요. 힐스턴 부인 댁에서 열린 가든파티 때 썼던 모자 기억하세요? 기억 못하시는군요. 그래도 기억하는 척이라도 해 주시니 고맙군요. 아무튼 그녀는 별것 아닌 재료를 모아서 그 모자를 만든 거예요. 사실 멋진 모자는 모두 별것 아닌 재료로 만든 것이지요."

"글래디스, 좋은 평판이란 것도 마찬가지야."

헨리 경이 끼어들었다.

"사람이 영향력을 발휘할 때마다 적이 한 명씩 생기기마련이거든. 평판 좋은 사람이 되고 싶으면 평범해야 하는 거야."

"여자들은 안 그래요. 그러니까 여자들이 세계를 지배하는 거예요. 분명히 말하지만 우리 여자들은 평범한 걸못 참는다니까요. 누구 말처럼 우리 여자들은 귀로 사랑을 하지요. 남자들이 눈으로 사랑하는 것과 같아요. 뭐, 남자들이 사랑이라는 걸 한다면 말이지요."

"제 생각엔 남자들은 사랑 말고는 아무것도 안 하는 것 같아요."

도리언이 중얼거렸다.

"아! 그렇다면 실제로는 당신이 절대로 사랑을 하지 않고 있다는 거예요, 그레이 씨."

공작부인이 슬프다는 듯 대답했다.

"글래디스!"

헨리 경이 소리쳤다.

"어떻게 그런 말을 할 수가 있나? 로맨스란 반복을 통해 생존하고, 반복은 욕망을 예술로 승화시키는 거야. 매번 사랑을 할 때마다 그 순간 하나하나가 유일한 사랑인 거지. 사랑하는 대상이 바뀐다고 해서 열정이 달라지진 않는다고. 오히려 열정은 더 강렬해질 뿐이야. 우리는 평생 대단한 경험이라는 걸 한 번밖에 할 수 없으니까 가능한 한 그런 경험을 자주 재현하는 게 인생의 비결이야."

"해리, 바로 그런 경험 때문에 누군가 상처를 받는다고 해도 그럴까요?"

잠시 침묵이 흐른 뒤 공작부인이 물었다.

"그 때문에 누군가 상처를 받는다면 특히 더 그렇지."

헨리 경이 대답했다.

공작부인이 고개를 돌려 호기심 어린 눈으로 도리언 그레이를 바라보았다.

"그레이 씨, 당신은 어떻게 생각해요?"

도리언은 잠시 머뭇거렸다. 그리고 이내 고개를 뒤로 젖히고 웃었다.

"공작부인, 난 언제나 해리의 말에 동의해요."

"해리의 생각이 틀려도요?"

"공작부인, 해리는 절대 틀린 말을 한 적이 없어요."

"그렇다면 오빠의 철학이 당신을 행복하게 해 주던가요?"

"나는 행복을 추구하지 않아요. 도대체 어떤 사람이 행복을 원하나요? 나는 쾌락을 추구해 왔답니다."

"그레이 씨, 그래서 찾으셨어요?"

"자주 찾았어요. 아주 자주."

공작부인은 한숨을 쉬었다.

"나는 평화를 찾고 있답니다."

그녀가 말했다.

"지금 가서 옷을 갈아입지 않으면 오늘 밤에는 평화를 조금도 얻지 못할 것 같아요."

"공작부인, 난초를 좀 가져다 드릴게요."

도리언이 큰 소리로 말하더니 벌떡 일어나 온실로 걸어 내려갔다.

"창피하지도 않니. 넌 도리언과 연애 놀이를 하는구나. 조심하는 게 좋겠어. 도리언은 대단히 매력적인 사람이거든."

헨리 경이 사촌 누이에게 말했다.

"저분에게 그런 게 없다면 사람들이 다툴 일도 없겠죠."

"그리스인과 그리스인의 만남이라는 건가?"

"나는 트로이 사람들 편이에요. 그들은 한 여자 때문에 싸웠거든요."

"트로이 사람들은 졌어."

"점령당하는 것보다 더 나쁜 일들도 있어요."

"넌 고삐를 풀고 전속력으로 달리는구나."

"속도는 활력을 주거든요."

그녀가 재치 있게 반격했다.

"오늘 밤 일기에 써야겠군."

"뭘요?"

"불에 덴 아이는 불을 사랑한다고."

"나는 불에 그슬리지도 않았어요. 날개도 멀쩡하고요."

"넌 모든 일에 날개를 이용하지. 날 때만 빼고."

"용기가 남자에게서 여자에게 넘어왔거든요. 용기는 우리에게 새로운 경험이랍니다."

"너에게는 경쟁자가 있어."

"누군데요?"

"나버러 부인. 그녀가 도리언을 아주 흠모하고 있거든."

헨리 경이 웃으며 속삭였다.

"오빠는 자꾸만 나를 불안하게 만드시네요. 고대에 호소하는 건 우리 같은 낭만주의자들에게는 치명적인 일이에요."

"낭만주의자라고? 너는 과학적인 사고방식을 가진 사

람이잖아!"

"남자들이 우리를 그렇게 가르친 거예요."

"하지만 여자를 설명한 것은 아니지."

"그럼, 성적으로 여자를 설명해 보세요."

그녀가 도전적으로 말했다.

"비밀 없는 스핑크스!"

공작부인이 미소를 지으며 그를 바라보았다.

"그레이 씨가 너무 오래 걸리는군요."

그녀가 말했다.

"가서 도와주자고요. 아직 그에게 내가 어떤 색깔의 드레스를 입을지 말해 주지 않았어요."

"오, 글래디스! 너는 도리언이 꺾어 오는 꽃에 맞춰서 드레스를 입어야 할 거다."

"그렇게 하는 것은 사랑이 익기도 전에 항복하는 꼴이에요."

"낭만적인 예술이란 원래 절정에서부터 시작하지."

"후퇴할 기회를 남겨 둬야 하는 거예요."

"파르티아 식으로 말이지?"

"그들은 사막에 피난처를 찾았잖아요. 나는 그럴 수 없을 거예요."

"여자들에게 언제나 선택의 기회가 허용되는 건 아니니까."

그가 말을 더 하려고 했지만 온실 맨 끝에서 숨 막히는 듯한 신음 소리가 들려왔고 이어 무거운 뭔가가 쓰러지는 둔탁한 소리가 들렸다. 모두 깜짝 놀라 벌떡 일어섰다. 공작부인은 공포에 질려 꼼짝하지 못한 채 그대로 서 있었다. 헨리 경은 두 눈에 두려움을 담아 축 늘어진 종려나무 잎을 헤치고 황급히 달려갔다. 그의 눈에 타일 바닥에 죽은 사람처럼 엎드려 기절해 있는 도리언 그레이가 보였다.

도리언은 즉시 푸른색 객실로 옮겨졌고 소파에 눕혀졌다. 잠시 후 의식을 회복한 그는 멍한 표정으로 주위를 둘러보았다.

"어떻게 된 건가요? 아! 기억나요. 해리, 여기는 안전한 거죠?"

도리언은 온몸을 부들부들 떨기 시작했다.

"이보게, 도리언. 자네는 그저 기절한 것뿐이야. 그게 다야. 당신 과로를 한 모양이로군. 만찬 자리에 내려가지 않는 것이 좋을 것 같군. 내가 당신을 대신해서 손님들을 대접하지."

"아니에요. 내려갈게요. 그게 좋겠어요. 혼자 있고 싶지 않아요."

그가 몸을 일으키려고 애쓰며 말했다.

그가 옷을 갈아입고 식탁에 앉았을 때는 아무 일도 없 었다는 듯 굉장히 쾌활해 보였다. 하지만 제임스 베인의 얼굴이 하얀 손수건처럼 온실 창문에 달라붙어 자신을 보 던 것을 떠올리면, 공포의 전율이 온몸에 흘렀다.

제18장

몰이꾼의 죽음

다음 날 도리언 그레이는 집 밖으로 한 발짝도 나가지 않았다. 죽음에 대한 극심한 공포를 느끼고 있으면서도 삶 자체에 대해서는 무감각한 채 대부분의 시간을 방 안에 틀어박혀 지냈다. 그는 누군가에게 쫓기고, 함정에 걸렸으며 추적당하고 있다는 생각에 사로잡혔다. 태피스트리가 바람에 움직이기만 해도 온몸을 떨었다. 바람에 날려 창틀에 부딪히는 낙엽들은 자신의 헛된 결심과 헛된 회한처럼 보였다. 눈을 감으면 다시 안개가 뿌옇게 낀 유리창 너머로 자신을 들여다보던 선원의 얼굴이 떠올랐고 공포가 다시 한 번 심장을 조이는 것만 같았다.

그렇지만 어둠 속에서 복수를 불러내 자신 앞에 끔찍한 모습의 처벌을 형벌의 모습을 드러낸 것은 어쩌면 자신의 환상에 불과했을지도 모른다. 실제 삶은 혼돈 그 자체였지만 상상 속에는 무섭도록 논리적인 무엇인가가 있었다. 오히려 양심의 가책이 끈덕지게 죄악의 발걸음을 따라다니게 하는 것은 상상력이고, 범죄로 하여금 기형적인 자식들을 낳게 하는 것도 상상력이었다. 하지만 평범한 현실에서는 악인이 처벌을 받고 선한 사람이 보상을 받는 것도 아니었다. 성공은 강한 자가 차지했고 실패는 약자에게 던져졌다. 그뿐이었다. 더구나 낯선 누군가가 집 근처를 배회했다면 하인이나 관리인에게 들켰을 것이다. 화단에서 발자국이라도 발견됐다면 정원사들이 알려왔을 것이다. 그렇다. 그날 일은 그저 공상일 뿐이다. 시빌베인의 남동생이 그를 죽이려고 돌아왔을 리가 없다. 그는 배를 타고 간다 했으니 어느 겨울 바다에서 침몰했을 수도 있다. 상황이 어떻게 됐던 간에 그가 시빌 베인의 남동생에게 살해당할 위험은 없었다. 그자는 도리언이 누군지도 모르고, 누군지 알 수도 없었을 것이다. 젊은이의 가면이 그를 구해 주지 않았던가.

하지만 그것이 단지 환상이었다 하더라도 양심이 그토록 무서운 환영들을 불러내 형체를 만들고 사람 앞에 움직이게 했다는 사실을 떠올리는 것만으로도 끔찍했다. 밤낮 없이 범죄의 그림자가 조용한 구석에서는 그를 쳐다보고, 은밀한 장소에선 그를 조롱하고, 연회장에 앉은 그의 귀에 속닥거리고, 잠자리에 누웠을 때는 차가운 손가락으로 그를 깨운다면 삶이 어떻게 될까! 이런 생각이 두뇌 속에 슬그머니 파고들어 그의 얼굴은 공포로 창백해지고 주변 공기가 갑자기 싸늘해졌다. 아! 그가 얼마나 커다란 광기에 휩싸였으면 한순간에 친구를 죽일 수 있었다는 말인가! 그 장면을 다시 떠올리기만 해도 얼마나 소름이 끼치는지! 그는 그때 그 장면을 모두 떠올려 보았다. 섬뜩한 장면이 하나하나 자세히 떠오르면서 공포가 점점 더 커졌다. 온통 주홍빛인 죄의 형상이 검은 시간의 동굴 밖으로 소름 끼치는 모습을 드러냈다. 헨리 경이 6시에 들어왔을 때 도리언은 가슴이 찢어지는 것처럼 울고 있었다.

사흘째가 돼서야 겨우 용기를 내어 외출했다. 소나무

향기가 나는 맑은 겨울의 아침 공기에서 그는 삶을 향한 기쁨과 열정을 다시 찾았다. 하지만 이런 변화가 단순히 물리적인 환경조건 때문만은 아니었고, 본능적으로, 완벽한 평온을 깨뜨리고 망가뜨리려는 지나친 고뇌에 그가 구역질을 느꼈기 때문이었다. 섬세하고 정교한 기질을 가진 사람의 경우에는 언제나 그런 법이어서 그런 사람들이 지닌 강렬한 열정은 상처를 입거나 구부러지기 마련이다. 그런 열정은 사람을 죽이든지 스스로 죽든지 둘 중 하나인 것이다. 얄팍한 슬픔, 얄팍한 사랑은 계속 살아남지만 위대한 사랑이나 깊은 슬픔은 너무나 충만하기 때문에 파괴된다. 더구나 그는 자신이 공포에 휩쓸린 상상의 희생물이라고 확신하게 되었고 이젠 자신이 느낀 공포를 모욕감 없이 연민 어린 눈으로 바라보았다.

아침 식사 후 그는 공작부인과 한 시간가량 정원 산책을 한 다음 사냥을 하기 위해 마차를 몰고 사냥터를 가로질러 달렸다. 뿌려 놓은 소금처럼 풀 위에 하얗게 내려앉은 서리를 밟자 바스락 소리가 났다. 하늘은 푸른색의 금속 컵을 엎어 놓은 것 같았고 갈대가 무성했던 잔잔한 호

수 위에는 살얼음이 얼어 있었다.

소나무 숲 한구석에 있던 도리언은 공작부인의 남동생인 제프리 클루스턴 경이 다 쓴 탄약통 두 개를 총에서 빼내는 모습을 보았다. 도리언은 마차에서 뛰어내려 마부에게 말을 집으로 끌고 가라고 이른 뒤에 시든 고사리와 억센 덤불을 헤치며 자신의 손님에게로 다가갔다.

"제프리, 많이 잡았어?"

도리언이 물었다.

"별로 잡은 게 없어. 새들은 다들 평야로 날아갔나 봐. 점심 먹고 다른 곳으로 옮기면 나아질 거야."

도리언은 그의 곁을 천천히 거닐었다. 향기로운 공기는 코를 찌르고, 숲속에서는 갈색과 붉은 색이 섞인 빛이 깜빡이고, 몰이꾼들이 가끔씩 목 쉰 소리로 외쳐 댔다. 그리고 이어지는 날카로운 총성에 매료되면서 즐거운 해방감을 맛보았다. 무심한 행복감이라든가 아무것도 신경이 쓰이지 않는 기쁨에 완전히 사로잡혔다.

그때 갑자기 그들로부터 약 20미터 전방에서 갑자기 덤불이 바람에 흔들리고 끝이 검은 두 귀를 쫑긋 세운 산

토끼가 긴 뒷다리를 앞으로 쭉 뻗으며 껑충 뛰어올라 오리나무 덤불을 향해 달아났다. 제프리 경이 총을 겨누었다. 하지만 토끼의 우아한 움직임 속 뭔가에 매혹당한 그레이가 외쳤다.

"제프리, 쏘지 말게, 살려 줘."

"무슨 소리야, 도리언!"

제프리 경이 웃더니 토끼가 덤불 속으로 뛰어드는 순간 총을 쏘았다. 그러자 두 가지의 비명이 들렸다. 고통에 찬 토끼의 소름 끼치는 비명과 그보다 더 끔찍한 죽음의 고통에서 터져 나온 한 남자의 비명이었다.

"이런, 맙소사! 내가 몰이꾼을 쏘았어."

제프리 경이 소리쳤다.

"바보 같은 놈, 어째서 총 앞에 서 있었던 거야? 거기 사격을 멈춰요! 사람이 다쳤어요."

그가 한껏 목청을 높여 외쳤다. 우두머리 사냥터지기가 막대기를 들고 달려왔다.

"어디에요? 나리, 몰이꾼은 어디 있어요?"

그가 소리쳤다. 주변에서 총성이 일제히 멈췄다.

"여기야. 도대체 왜 몰이꾼들을 뒤로 물러나게 하지 않은 건가? 오늘 사냥은 망쳤군."

제프리 경이 덤불 쪽으로 서둘러 달려가며 화난 목소리로 대답했다.

도리언은 그들이 우연하게 흔들리는 가지들을 헤치며 오리나무 덤불 속으로 뛰어 들어가는 모습을 바라보았다. 잠시 후 그들이 햇빛이 비치는 곳으로 시체를 끌고 나왔다. 도리언은 무서워서 고개를 돌렸다. 자신이 가는 곳마다 어디든 불행이 따라다니는 것만 같았다. 사람이 정말 죽었냐고 묻는 제프리 경의 목소리와, 그렇다고 대답하는 사냥터지기의 목소리가 들렸다. 그때 갑자기 숲이 여러 가지 얼굴들의 모습으로 살아나 움직이는 것 같았다. 수많은 발들이 쿵쿵거리는 발소리와 낮게 웅성거리는 소리가 들려왔다. 가슴 털이 구릿빛인 커다란 꿩 한 마리가 날개를 푸드덕거리며 큰 가지들 사이로 날았다. 짧은 시간이었지만 마음이 혼란스러운 그에게는 끝없는 고통의 시간처럼 느껴졌다.

얼마 후 누군가가 그의 어깨에 손을 얹어 깜짝 놀라 뒤돌아보았다.

"도리언, 사람들에게 오늘 사냥은 그만하자고 말해야겠어. 사냥을 계속하는 건 모양새가 좋지 않을 거야."

헨리 경이 말했다.

"해리, 이젠 영원히 사냥을 그만두고 싶어요. 모든 일이 끔찍하고 잔인해요. 그 사람은……?"

도리언은 비통한 심정으로 말을 하다가 채 끝맺지 못했다.

"유감스럽게도 그렇게 된 것 같아."

헨리 경이 대답했다.

"가슴에 정통으로 맞았어. 아마 즉사했을 거야. 자, 이만 집으로 가지."

그들은 큰 거리 방향으로 약 50미터 정도를 말없이 나란히 걸었다. 어느 순간 도리언이 헨리 경을 보며 깊은 한숨을 쉬며 말했다.

"나쁜 징조예요, 해리. 아주 나쁜 징조예요."

"뭐가 말인가?"

헨리 경이 되물었다.

"아! 이 사건을 말하나 보군! 이보게, 어쩔 수 없는 일이었어. 죽은 그 사람 잘못이었어! 도대체 왜 사냥꾼들의 총 앞에 서 있느냐 말이야. 게다가 이 일은 우리와는 아무 상관이 없어. 물론 제프리는 다소 난처하겠지. 몰이꾼들을 욕할 수는 없어. 사람들은 무턱대고 사냥꾼이 총을 쏜 거라고 생각할 거야. 그렇다고 해도 제프리가 그럴 사람은 아니야. 오히려 목표물에 정확하게 명중시키는 사람이지. 뭐, 이제 와서 이런 얘길 해봐야 무슨 소용이 있겠나?"

도리언이 고개를 저었다.

"해리, 불길한 징조예요. 우리 중 누군가에게 뭔가 끔찍한 일이 생길 것만 같아요. 어쩌면 나에게 일어날지도 모르고요."

그가 고통스러운 듯 한 손으로 두 눈을 쓸어내리며 말했다.

그러자 연장자인 헨리 경이 웃었다.

"도리언, 세상에서 유일하게 끔찍한 것이 있다면 그건 바로 권태라네. 권태야말로 용서할 수 없는 유일한 죄악이지. 하지만 오늘 저녁을 먹을 때 친구들이 이 사건에 대해 떠들어 대지만 않는다면 우리가 권태로울 일은 없을 것 같군. 아무래도 친구들에게 이 주제는 피하자고 해야겠어. 아, 그리고 징조란 건 없어. 운명의 여신은 우리에게 전혀 예고라는 걸 하지 않아. 그러기에는 운명의 여신이 지나치게 영리하거나 너무 잔인하지. 게다가 당신에게 대체 무슨 일이 일어날 수 있겠나? 자네는 이 세상 사람들이 원하는 건 모두 다 가졌잖아. 자네와 처지가 바뀐다면 누구라도 기뻐하지 않을 사람이 없을 거야."

"해리, 나는 어느 누구와라도 처지를 바꾸겠어요. 그렇게 웃지 마세요. 나는 진실을 말하고 있는 거예요. 방금 죽은 저 불쌍한 촌사람도 나보다는 처지가 좋아요. 나는 죽음을 두려워하는 게 아니에요. 내가 두려워하는 건 죽음이 서서히 다가오고 있다는 거죠. 죽음이 지닌 괴물 같은 날개가 나를 둘러싼 답답한 이 대기를 맴돌고 있는 것 같아요. 오, 맙소사! 저기 나무들 뒤에서 움직이고 있는 남자, 나를 지켜보면서 기다리고 있는 저 남자가 보이지 않나요?"

헨리 경은 도리언의 장갑 낀 손이 떨면서 가리키는 방

향을 바라보았다.

"그래."

그가 미소를 지으며 말했다.

"정원사가 당신을 기다리고 있는 게 보이는군 그래. 오늘 밤 식탁에 어떤 꽃을 장식할 건지 자네에게 물어보려는 거겠지. 이보게, 자네는 지나치게 불안해하고 있군. 런던으로 돌아가면 내 주치의에게 진찰을 좀 받아 보는 게 좋겠어."

도리언은 정원사가 다가오는 걸 보고 나서야 안도의 한숨을 쉬었다. 정원사는 모자를 만지작거리면서 머뭇거리며 헨리 경을 힐끗 보고는 편지를 꺼내 도리언에게 건넸다.

"공작부인께서 답장을 받아 오라고 하셨습니다."

그는 낮은 목소리로 말했다. 도리언은 편지를 주머니에 넣었다.

"곧 가겠다고 해 주게."

그가 냉담하게 말하자 정원사는 저택 쪽으로 재빨리 걸음을 옮겼다.

"여자들은 위험천만한 일들을 좋아한단 말이야."

헨리 경이 웃었다.

"그것이야말로 내가 가장 감탄하는 여자들의 특징들 중 하나지. 여자는 다른 사람들이 구경하고 있기만 하면 세상 누구와도 연애를 하려고 하거든."

"해리, 당신은 어찌 그렇게 위험한 말을 하는 것을 좋아하나요. 이번에는 당신이 완전히 잘못 짚었어요. 나는 공작부인을 좋아하지만 그녀를 사랑하지는 않아요."

"그리고 공작부인은 자네를 무척 사랑하지만 좋아하지는 않고 말이지. 그래서 둘이 잘 어울리는 한 쌍이라는 거지."

"해리, 당신은 굳이 스캔들을 만드는군요. 하지만 그럴 만한 근거가 없어요."

"모든 추문의 근거는 부도덕한 확신이지."

헨리 경이 담배를 불을 붙이며 말했다.

"해리, 당신은 멋진 말을 지어내기 위해서라면 누구든 희생시킬 겁니다."

"세상 사람들이 스스로 제단 위로 오르는 거야."

그가 대답했다.

"사랑을 할 수 있으면 좋겠어요."

도리언이 깊은 비애감이 깃든 목소리로 소리쳤다.

"하지만 나는 열정도, 욕망도 잊은 것 같아요. 난 내 자신에게 지나치게 몰두하고 있어요. 나만의 개성이라는 게 이제는 짐이 되어 버렸어요. 달아나고 싶어요. 어딘가로 멀리 도망가서 잊어버리고 싶어요. 이곳으로 내려온 것은 너무 어리석었어요. 하비에게 요트를 준비해 놓으라고 전보를 보내야겠어요. 요트 위라면 안전할 거예요."

"뭐로부터 안전하다는 말인가? 도리언, 자네 뭔가 걱정거리가 있군 그래. 무슨 일인지 내게 말하는 게 어때? 내가 도와줄 거라는 걸 알잖아."

"해리, 말할 수 없어요."

그가 애처로운 목소리로 말했다.

"어쩌면 나의 환상에 불과할지도 몰라요. 오늘 일어난 불행한 사고 때문에 제 마음이 뒤죽박죽이에요. 그런 일이 내게도 일어날 것 같은 무서운 예감이 들어요."

"말도 안 되는 소릴!"

"그랬으면 좋겠지만 자꾸만 그런 예감이 들어요. 아! 저기 공작부인이 오시는군요. 특별히 맞춘 드레스를 입은 아르테미스 여신 같네요. 공작부인, 우리가 돌아왔어요."

"그레이 씨, 사고 소식 들었어요. 제프리는 가엾게도 몹시 혼란스러워하고 있어요. 그런데 당신이 그에게 토끼를 쏘지 말라고 사정하셨다면서요? 정말 이상한 일이군요!"

"네, 정말 이상한 일이에요. 제가 왜 그런 말을 한 건지 모르겠어요. 아마 일시적인 기분으로 그랬던 것 같아요. 그 작은 생물이 너무나 사랑스러워 보였거든요. 아무튼 사람이 죽었다는 얘기를 듣게 해드려 미안합니다. 정말 끔찍한 사고예요."

"귀찮은 일이기도 하지. 그 일에 심리학적인 가치는 없어. 만일 고의로 그 사고를 저질렀다면 제프리는 정말 흥미로운 인물이 되었을 거야! 사실 나는 실제 살인을 저지른 사람과 알고 지냈으면 하거든."

헨리 경이 끼어들었다.

"오빠, 정말 너무하는군요!"

공작부인이 큰 소리로 말했다.

"그렇지 않아요, 그레이 씨? 해리 오빠, 그레이 씨 몸이 또 안 좋아 보여요. 실신할 것만 같아요."

도리언은 애써 몸을 바로잡으며 미소를 지었다.

"괜찮아요, 공작부인. 요즘 무척 신경이 예민해져서 그래요. 오늘 아침에는 너무 많이 걸었어요. 그런데 해리가 무슨 말을 했는지 못 들었어요. 아주 고약한 말을 한 건가요? 나중에 꼭 말해 주세요. 지금은 들어가서 좀 누워야겠어요. 괜찮겠지요?"

그들은 온실에서 테라스로 이어지는 커다란 계단 앞에 다다랐다. 도리언이 유리문을 닫고 들어가자 헨리 경은 돌아서서 졸린 듯한 눈으로 공작부인을 바라보았다.

"도리언을 많이 사랑하니?"

그녀는 잠시 아무런 대답도 없이 풍경만을 바라보며 서 있었다.

"나도 알고 싶어요."

마침내 그녀가 입을 열었다.

그가 고개를 저었다.

"안다는 건 치명적이야. 인간을 매혹하는 건 불확실성

이야. 안개가 사물을 아름답게 보이게 만드는 거지."

"길을 잃을 수도 있어요."

"글래디스, 결국 모든 길은 같은 지점에서 끝나게 마련
이야."

"어떤 지점인데요?"

"환멸이지."

"난 인생 시작부터 환멸을 느꼈어요."

그녀가 한숨을 쉬었다.

"덕분에 공작부인의 지위를 얻은 거야."

"딸기 잎(고위 귀족의 신분을 일컫는데, 공작이 쓰는 관에
딸기 잎 문양이 새겨져 있다)에 신물이 나요."

"너에게 어울려."

"사람들 앞에서나 그렇죠."

"잃고 나면 아쉬울 거야."

"그렇다고 해서 꽃잎 하나라도 버릴 생각은 없어요."

"먼머스도 귀가 있어."

"늙으면 귀가 머는 법이에요."

"그가 질투한 적은 없니?"

"질투라도 했으면 좋겠네요."

헨리 경이 뭔가를 찾는 것처럼 주변을 둘러보았다.

"뭘 찾아요?"

"네 딸기 잎 장식에서 떨어진 단추. 아까 떨어뜨리더군."

그녀가 웃었다.

"나는 아직 가면을 쓰고 있어요."

"그 가면 덕분에 네 눈이 더 아름다워 보이는구나."

그가 대답했다.

그녀가 다시 웃었다. 그녀의 이가 진홍색 과일에 박힌 새하얀 씨앗처럼 보였다.

도리언 그레이는 2층 자기 방 소파에 누워 있었는데 온몸의 섬유질 하나하나가 욱신거릴 만큼 공포감을 느꼈다. 갑자기 삶이 그로서는 짊어질 수 없는 섬뜩한 짐이 되었다. 야생동물처럼 덤불 속에서 총에 맞아 죽은 몰이꾼의 끔찍한 죽음이 자신의 죽음을 예고하는 것 같았다. 그는 헨리 경이 우연히 내뱉은 냉소적인 농담에도 기절할 지경이었다.

5시에 도리언은 종을 울려 하인을 불렀다. 그에게 런던으로 가는 야간 급행열차를 탈 수 있게 짐을 꾸려 8시 30분까지 현관 앞에 마차를 대기시키라고 지시했다. 그는 셀비 로열에서 하룻밤도 더 묵지 않기로 결심했다. 그곳은 불길한 곳이었다. 햇빛 속에서도 죽음이 걸어 다니는 곳, 숲속의 풀잎이 피로 물든 곳이었다.

그는 헨리 경에게 주치의를 만나러 런던으로 가고 있으니 자신이 자리를 비우는 동안 손님들을 대신 접대해 달라는 짧은 편지를 남겼다. 그가 봉투에 편지를 넣고 있을 때 방문을 두드리는 소리가 들렸다. 하인들이 들어와 우두머리 사냥터지기가 그를 만나고자 한다는 말을 전했다. 그는 입술을 깨물고 인상을 찌푸렸다.

"들여보내."

그는 잠시 망설인 뒤 차갑게 내뱉었다.

"손튼, 오늘 일어난 불행한 사고 때문이지?"

남자가 들어서자 도리언은 서랍에서 수표책을 꺼내 펜을 손에 쥐었다.

"그렇습니다, 나리."

"그 불쌍한 친구는 결혼을 했나? 부양가족도 있나? 만약에 있다면 그들을 곤경에 빠뜨리고 싶지 않군. 얼마든 자네가 필요하다고 생각하는 돈의 액수를 보내 주겠네."

"나리, 우리는 그자를 모릅니다. 실례인 줄 알면서도 이렇게 찾아뵌 것도 그 때문입니다."

"그자가 누군지 모른다고?"

도리언이 냉담하게 말했다.

"대체 무슨 말을 하는 거야? 자네가 데리고 있던 사람이 아니었나?"

"아닙니다, 나리. 처음 보는 자입니다. 선원처럼 보였습니다."

사냥터지기의 말이 떨어지는 순간 도리언의 손에서 펜이 툭 떨어졌다. 도리언은 심장박동이 갑자기 멎는 것만 같았다.

"선원이라고?"

그가 소리쳤다.

"분명히 선원이라고 말했나?"

"예, 나리. 선원처럼 보였습니다. 양팔에 문신이 있는 걸 봐도 그렇고요."

"그에 대해 더 알아낸 건? 혹 이름이 적힌 물건 같은 건 없었고?"

도리언이 몸을 앞으로 기울이며 놀란 눈으로 쳐다보았다.

"그저 돈과 6연발 권총이 있었지만 어디에도 이름 같은 것은 없었습니다, 나리. 거칠어 보여도 얼굴은 꽤 괜찮은 편이었고요. 저희는 선원일 거라고 생각했습니다."

순간 도리언은 자리에서 벌떡 일어섰다. 무서운 희망이 그의 마음속에서 솟아났다. 그는 미친 듯이 그 희망에 매달렸다.

"시체는 어디 있나? 어서 말하게! 어디야? 당장 시체를 봐야겠네."

"자작 농장의 빈 마구간에 두었습니다. 그런 시체를 자기 집에 두고 싶어 하는 사람은 없거든요, 나리. 시체는 불운을 가져온다고들 하잖습니까?"

"자작 농장? 당장 그리로 가서 나를 기다리게. 마부들 중 아무나 내 말을 가져오라고 하게. 아니, 됐네. 내가 직

256

접 가지. 시간을 절약할 수 있을 테니 말일세."

15분도 채 지나지 않아 도리언 그레이는 말을 타고 긴 가로수 길을 미친 듯 달려가고 있었다. 나무들이 유령처럼 열을 지어 지나는 듯했고 황량한 그림자들은 그가 가는 길을 가로질러 몸을 던지는 것처럼 느껴졌다. 어느 순간 말이 흰색 문기둥에서 갑자기 방향을 틀어 하마터면 말에서 떨어질 뻔했다. 그는 채찍으로 말의 목덜미를 내리쳤다. 말은 화살처럼 어둑어둑한 공기를 가르며 달렸다. 돌멩이가 말발굽에 채여 날아갔다.

마침내 그는 자작 농장에 도착했다. 두 남자가 마당에서 서성이다 고삐를 건네받았다. 그레이는 안장에서 뛰어내렸다. 멀리 떨어진 마구간에서 희미한 빛이 새어나와 그곳에 시체가 있음을 알려 주는 것 같았다. 그는 서둘러 걸음을 옮겨 빗장에 손을 얹었다.

그는 곧 자신의 인생을 살리거나 망칠 수도 있는 어떤 것을 발견할 순간이 다가왔다는 것을 느끼며 잠시 멈춰 섰다. 그리고 이윽고 문을 밀치고 마구간으로 들어섰다.

맨 끝 한쪽 구석에 쌓아 놓은 부대 더미 위에 거친 셔

츠와 파란색 바지를 입은 남자 시체가 놓여 있었다. 얼굴에 얼룩진 손수건 한 장이 덮여 있었다. 시체 옆에는 병에 꽂아 둔 싸구려 양초 하나가 탁탁 소리를 내며 타고 있었다.

도리언 그레이는 온몸을 부들부들 떨었다. 도저히 자기 손으로 손수건을 치울 수 없을 것 같아 농장의 하인 한 명을 소리쳐 불러 들어오라고 했다.

"저걸 걷어 보게. 얼굴을 봐야겠어."

그는 몸을 지탱하기 위해 기둥을 붙잡았다.

농장 하인이 손수건을 걷자 도리언이 앞으로 다가섰다. 순간 그의 입에서 기쁨의 탄성이 흘러나왔다. 덤불숲에서 총에 맞은 사람은 바로 제임스 베인이었다.

그는 시체를 바라보며 한동안 그 자리에 서 있었다. 말을 타고 집으로 돌아올 때 그의 눈에는 눈물이 가득했다. 이제 자신이 안전하다는 것을 깨달았기 때문이었다.

제19장

선하게 산다는 것

"자네, 앞으로 착실하게 살겠다고 해 봐야 소용없네."

헨리 경이 장미수가 담긴 붉은색 구리 그릇에 하얀 손가락을 담그며 큰 소리로 말했다.

"자네는 아주 완벽해. 부디 변하지 말게."

도리언 그레이는 고개를 저었다.

"아니에요, 해리. 난 살아오면서 너무 많이 무서운 짓을 저질렀어요. 이제 더 이상 그런 식으로 살지 않을 거예요. 어제부터 선행을 시작했어요."

"어제는 어디에 있었나?"

"시골에요, 해리. 작은 여인숙에 혼자 묵었지요."

"이봐."

헨리 경이 미소를 지으며 말했다.

"시골에서는 누구나 선해질 수 있어. 거기에는 유혹할 만한 게 없으니 말이야. 도시 밖에 사는 사람들이 대단히 미개한 것도 바로 그래서야. 문명에 도달하는 것은 그리 쉬운 일이 아니야. 인간이 문명에 도달하는 길은 딱 두 가지뿐이지. 하나는 교양을 쌓는 것이고 또 하나는 타락하는 것이지. 하지만 시골 사람들은 어느 쪽도 경험할 기회가 없는 거야. 그러니 그토록 정체되는 거야."

"교양과 타락이라."

도리언이 헨리 경에게 말을 반복했다.

"나는 나름대로 두 가지 모두를 알아요. 그런데 이제는 두 가지가 붙어 다니는 것이 무서워요. 소름이 끼치는 것 같아요. 해리, 이제 나에게는 새로운 이상이 생겼어요. 난 달라질 거예요. 아니, 이미 달라진 것 같아요."

"자네가 무슨 선행을 했는지 아직 말하지 않았어. 아니, 벌써 여러 번이나 선행을 했다고 말했던가?"

헨리 경이 작은 피라미드 모양의 빨갛게 익은 딸기들

을 접시에 붓고 구멍 뚫린 조개 모양의 순가락으로 흰 설탕을 뿌리며 물었다.

"해리, 다른 사람들은 몰라도 당신에게는 할 수 있는 얘기예요. 누군가에게 인정을 베풀었답니다. 허식으로 들리겠지만 제 진심을 알아주실 거라고 믿어요. 그녀는 무척 아름다웠어요. 놀랍도록 시빌 베인과 닮았더군요. 그녀에게 끌린 것도 바로 그 이유 때문일 거예요. 시빌 베인, 기억하시죠? 기억이 안 나세요? 참 오래된 일 같네요. 음, 물론 헤티는 우리 같은 귀족 출신이 아니었어요. 그저 시골에 사는 소녀였는데, 나는 정말로 그녀를 사랑했어요. 그녀를 사랑했다는 걸 난 확신해요. 나는 일주일에 두세 번씩 시골에 내려가서 그녀를 보았어요. 어제는 작은 과수원에서 그녀를 만났는데 사과 꽃이 계속 그녀의 머리카락 위로 떨어졌고 그녀는 연실 웃었지요. 사실 우리는 오늘 아침 동이 트는 대로 달아날 예정이었어요. 그러다가 나는 문득 그 애를 처음 봤을 때의 꽃 같은 모습 그대로 그녀를 지켜줘야겠다고 결심하게 됐어요."

"도리언, 그러한 감정의 새로움이 분명 당신에게 짜릿

한 쾌락의 스릴을 맛보게 해주었을 테지."

헨리 경이 말을 가로막았다.

"하지만 내가 자네를 대신해 그 전원시를 마무리할 수 있겠네. 자네는 그녀에게 좋은 충고랍시고 해서 그녀의 마음에 깊은 상처를 냈겠지. 바로 이게 당신의 변화의 시작이지."

"해리, 정말 너무하네요. 그런 말씀은 하지 마세요. 헤티는 상처를 입지 않았어요. 물론 그녀가 울었지만 그게 다예요. 그녀가 수치심을 느낄 만한 건 아무것도 없었고요. 그녀는 박하와 금잔화가 핀 자신의 정원에서 페르디타(셰익스피어의 희곡 〈겨울밤 이야기〉에 나오는 소녀)처럼 살아갈 거예요."

"그리고 무정한 플로리젤 때문에 애통해하며 눈물을 흘릴 것이고."

헨리 경은 의자에 등을 기대고 앉아 웃었다.

"도리언, 자네는 대단히 소년 같은 감성을 지녔어. 앞으로 그 아가씨가 자신과 같은 신분의 남자로 만족할 것 같은가? 언젠가는 그녀도 거친 짐꾼 혹은 이를 드러내고 히죽거리는 농부하고 결혼이란 걸 하겠지. 하지만 당신을 만나고 사랑했기 때문에 남편을 멸시하게 되고 결국 불행해지고 말 거야. 도덕적 관점에서 보더라도 자네의 위대한 자제력을 높게 평가할 수 없을 것 같네. 시작부터 초라해. 게다가 지금 이 순간에 헤티가 오필리어처럼 별이 빛나는 물방앗간 연못에서 아름다운 수련들과 함께 떠다니고 있을지 자네가 어떻게 아는가?"

"해리, 그런 말은 더는 못 듣겠네요. 당신은 뭐든 조롱하고 심각한 비극만을 암시하는군요. 당신에게 괜히 말한 것 같아요. 아무튼 난 당신이 뭐라고 말씀하시든 상관하지 않겠어요. 내 행동이 옳다는 걸 알고 있으니까요. 가여운 헤티! 오늘 아침 말을 타고 농장을 지나면서 난 창가에 서 있는 재스민 꽃처럼 하얀 그녀의 얼굴을 보았어요. 이 얘기는 이제 그만하기로 해요. 그리고 내가 몇 년 만에 처음으로 한 선행을, 난생처음 알게 된 작은 자기희생을 일종의 죄악이라며 나를 설득하려고 하지 마세요. 나는 더 선하게 살고 싶어요. 더 선한 사람이 되고 싶어요. 이제 내 얘기는 그만하고 당신 얘기를 좀 들려주세요. 런던은

요즘 어떤가요? 클럽에 가지 않은 지도 꽤 돼서 잘 모르
겠네요."

"사람들은 여전히 불쌍한 바질의 실종 사건에 대해 이
야기하고 있다네."

"그 사건도 이젠 싫증 날 때가 되지 않았어요?"

도리언이 포도주를 따르며 살짝 얼굴을 찌푸렸다.

"이봐, 사람들이 그 얘기를 시작한 건 6주도 안 됐네.
사실 영국 사람들은 석 달에 하나 이상 화제가 생기면 정
신적인 긴장감에 죽을 맛이 되잖아. 하지만 최근엔 아주
운이 좋은 편이었지. 내 이혼 소송에, 앨런 캠벨의 자살에,
한 예술가의 미궁에 빠진 실종까지! 런던 경찰청은 11월
9일 밤 회색의 얼스터 코트를 입은 남자, 즉 바질이 파리
행 열차를 탔다고 주장하고, 파리 경찰 측에서는 바질이
절대로 파리에 도착하지 않았다고 하지. 아마 2주일쯤 지
나면 샌프란시스코에서 그가 발견됐다는 소식을 들을지
도 모르네. 희한하게도 실종된 사람들은 모두 샌프란시스
코에서 목격된다고 하잖아. 샌프란시스코는 정말 유쾌한
곳이라니까. 저승의 매력까지 가졌잖아."

"바질에게 무슨 일이 있었을 거라고 생각해요?"

도리언이 부르고뉴 포도주를 들고 불빛에 비추며 물었다. 그는 이런 문제를 이렇게 침착하게 논의한다는 사실을 의아하게 여겼다.

"나로서는 전혀 알 수 없지. 바질이 숨어 있으려 한다고 해도 나와는 상관없는 일이지. 만일 그가 죽었다면 더는 생각하고 싶지 않네. 죽음은 내가 두려워하는 유일한 것이거든. 죽음이란 정말 끔찍한 거야."

"왜요?"

젊은이가 지친 목소리로 물었다.

"왜냐하면……."

헨리 경이 격자 세공을 하고 금박을 입힌 각성제 상자 뚜껑을 열고 코 밑에 갖다 댔다.

"오늘날에는 뭐든 다 이겨 낼 것 같지만 죽음만은 예외니까. 19세기에 결코 설명이 안 되는 두 가지가 있는데 그게 바로 죽음과 천박함이지. 도리언, 이제 그만 음악실로 가서 커피나 마시고 쇼팽을 연주해 주게. 내 아내와 함께 도망간 남자는 무척 아름답게 쇼팽을 연주했어. 불쌍한 빅토리아! 나는 아내를 좋아했지. 아내가 없으니 집이 좀 쓸쓸하더군. 물론 결혼 생활은 습관, 그것도 나쁜 습관에 불과하지. 그렇지만 인간은 최악의 습관조차 잃어버리고 나면 후회하기 마련이지. 어쩌면 그런 때가 가장 후회하는 때일지도 모르지. 최악의 습관이야말로 인간의 개성이란 말이야."

도리언은 말없이 탁자 앞에서 일어나 옆방으로 갔다. 피아노 앞에 앉아 상아로 만든 흰 건반과 검은 건반 위로 손가락을 움직였다. 커피가 들어오자 연주를 멈추고 헨리 경을 올려다보며 말을 이었다.

"해리, 혹시 바질이 살해됐을 거라는 생각은 안 해 봤어요?"

헨리 경은 하품을 했다.

"바질은 평판이 아주 좋았을 뿐더러 언제나 싸구려 워터베리 시계를 차고 다녔어. 그런 바질이 무슨 이유로 살해를 당했겠나? 게다가 그는 적을 만들 만큼 영리하지도 못하고 그림에 대한 천부적인 재능이야 있었지만 벨라스케스처럼 그린다고 해도 너무 따분한 사람이었지. 바질은 정말 아주 따분한 사람이었네. 그가 딱 한 번 흥미로운 적이 있었는데 수년 전에 자네를 열렬히 숭배한다고 말했을 때였어. 그 시절에는 자네가 그의 예술에 중요한 모티프가 되어 주었거든."

"나는 바질을 무척 좋아했어요. 한데 바질이 살해당했다는 얘기는 없나요?"

도리언이 슬픔이 가득한 목소리로 말했다.

"몇몇 신문은 그런 언급을 하긴 했지. 그렇지만 그런 건 전혀 믿을 게 못 된다니까. 파리에는 무시무시한 소굴이 있다는 것을 알지만 바질은 그런 곳에 발을 들여 놓을 위인이 아니거든. 그에게는 호기심이라는 게 없어. 그게 가장 큰 결점이지."

"해리, 만약에 내가 바질을 죽였다고 한다면 뭐라고 하시겠어요?"

젊은이는 이렇게 말하고 헨리 경을 빤히 쳐다보았다.

"이보게, 그렇다면 난 이렇게 말해 주겠네. 자네는 어울리지도 않는 인물인 척하고 있어. 모든 천박한 짓이 범죄인 것처럼 모든 범죄도 천박한 법이지. 도리언, 자네는 결코 살인을 저지를 만한 사람이 아니야. 이런 말이 자네의 허영심에 상처를 주어 미안하네만, 틀림없는 사실이야. 범죄는 모두 하층민들이나 저지르는 짓이지. 그렇다고 그들을 비난할 생각은 없네. 우리에게 예술이 특별한 감흥을 가져다주듯 그들은 범죄에서 특별한 것을 얻지."

"감흥을 얻는 방법이라고요? 그렇다면 한 번 살인을 저지른 사람은 또다시 그럴 수 있다는 건가요? 제발 그렇게 말하지 말아요."

"아, 어떤 일이든 자주 반복하면 쾌락이 되는 거야. 그게 인생의 중요한 비밀 중에 하나지. 하지만 나는 살인은 언제나 실수라고 생각하네. 만찬 후에 이야기할 수 있는 화젯거리가 아니라면 절대로 해서는 안 되는 거야. 불쌍한 바질 얘기는 그만하지. 나도 자네 생각처럼 바질이 아주 낭만적으로 세상을 떠났다고 믿을 수 있으면 좋겠지만 그럴 수가 없군. 혹시라도 승합마차에서 떨어져 센 강에 빠졌는데 마부가 입을 다물어 버렸다면 모르지만. 그래, 그렇게 생각하는 편이 낫겠어. 그가 지금 탁한 초록색 강 아래에 누워 있고 그 위로 육중한 바지선들이 떠다니고 기다란 수초들이 그의 머리카락을 휘감고 있는 모습이 뚜렷하게 그려지는군. 혹시 알고 있었나? 내 생각에 바질은 장차 좋은 작품을 남길 수 없었을 거야. 지난 10년간 형편없는 그림만 그렸거든."

도리언은 깊은 한숨을 내쉬었고 헨리 경은 방을 가로질러 가서 기묘하게 생긴 자바산 앵무새 머리를 쓰다듬었다. 회색 깃털에 분홍색 볏과 부리를 가진 커다란 앵무새는 대나무 횃대 위에 균형을 잡고 앉아 있었다. 그가 손가락으로 머리를 건드리자 유리 같은 눈동자를 덮고 있던 눈꺼풀에서 하얀 비듬이 떨어졌고 앵무새는 앞뒤로 몸을 흔들었다.

"맞아."

그가 돌아서며 주머니에서 손수건을 꺼낸 뒤 말을 이었다.

"그의 그림은 정말 형편없었어. 뭔가 사라져 버렸다고나 할까. 이상을 잃어버린 거야. 자네와 맺었던 좋은 친구 사이에 금이 간 후로 훌륭한 화가로서의 삶도 끝난 거지. 그런데 무엇 때문이었나? 아마 당신이 그 친구를 굉장히 따분하게 여겼을 거야. 만약 그랬다면 당신을 그냥 눈 감아 주지 않았을 테고. 그게 따분한 사람들의 특성이거 든. 그건 그렇고, 그가 그린 아름다운 자네의 초상화는 어떻게 됐나? 완성 후에 한 번도 못 본 것 같군. 아! 이제 기억난다. 몇 년 전에 자넨 그 그림을 셀비로 보냈다고 했었지. 어디에 두었는지 잊어버렸다든가 보내는 도중에 도둑을 맞았다든가 했었지. 그럼 그 초상화를 못 찾았다는 말인가? 애석한 일이군. 그 그림은 정말 걸작이었어. 내가 그 그림을 사고 싶었던 게 기억나는군. 지금이라도 구할 수 있으면 좋을 텐데. 그건 바질이 전성기 때 그린 작품이었어. 그 뒤로 그의 작품은 훌륭한 의도와 형편없는 화법의 기묘한 결합이었지. 그건 대표적인 영국 화가들에게는 항상 따라다니는 특징이었어. 혹시 그 그림을 찾는 광고는 냈었나? 한 번 광고라도 내 보지 그랬어."

"잊고 있었어요."

도리언이 말했다.

"아마 광고를 한 것도 같아요. 하지만 실은 난 그 초상화를 전혀 좋아하지 않았어요. 초상화 모델을 했던 일도 후회스럽고요. 그 일을 생각만 해도 짜증이 난답니다. 그런데 초상화 얘기는 왜 하시는 거예요? 그 그림을 생각하면, 나는 늘 어떤 연극이 생각나는데 아마 〈햄릿〉일 거예요. 그 기묘한 대사들이 떠오른답니다. 뭐였더라? '슬픔을 그린 그림처럼 심장이 없는 얼굴.' 그래요, 초상화는 딱 그런 느낌이었어요."

헨리 경이 웃었다.

"만일 예술적으로 인생을 대하는 사람이 있다면 그의 뇌는 곧 심장인 거야."

그가 안락의자에 털썩 주저앉으며 대답했다.

도리언 그레이는 고개를 저었다. 그리고 다시 피아노로 부드러운 화음을 연주했다.

"슬픔을 그린 그림처럼 심장이 없는 얼굴."

그가 되풀이해서 말했다.

연장자인 헨리 경은 의자에 기대고 앉아 실눈을 뜨고 도리언을 바라보았다.

"한데 말이야, 도리언……."

잠시 침묵이 이어진 후에 그가 말했다.

"사람이 온 천하를 얻고도…… 그 다음이 뭐지? '영혼을 잃으면 무슨 소용이 있으랴'인가?"

피아노가 귀에 거슬리는 소리로 바뀌었다. 도리언 그레이는 깜짝 놀란 표정으로 헨리 경을 빤히 바라보았다.

"해리, 왜 그런 걸 물어요?"

"이봐."

헨리 경이 깜짝 놀라 눈썹을 치켜뜨며 말했다.

"난 그저 자네가 대답해줄 수 있을 거라 해서 물어본 거야. 그뿐이라고. 지난 일요일에 하이드파크를 지나다가 마블 아치 가까이 갔었는데 초라한 행색의 사람들이 무리를 지어 어떤 비천한 거리 설교자의 이야기에 귀를 기울이고 있더군. 그 곁을 지나는데 그 설교자가 목청을 높여서 청중에게 바로 그 질문을 던졌어. 그 질문이 꽤나 극적이라는 생각이 들더군. 런던에는 그처럼 기묘하게 영향을 주는 일들이 아주 많아. 비 내리는 일요일 비옷을 입은 기괴한 기독교인, 빗방울이 뚝뚝 떨어지는 우산 아래에서 병약한 허연 얼굴로 둥글게 모여 있는 사람들, 날카롭고 신경질적인 목소리로 허공에 퍼지는 성경 구절. 그 구절이 나름대로 훌륭했지. 대단히 암시적이었다고나 할까. 나는 그 예언자에게 예술에는 영혼이 있지만 인간에겐 영혼은 없다고 할까 하다가 이해하지 못할 것 같아서 그만두었네."

"아니에요, 해리. 영혼은 무서운 실체를 가지고 있어요. 영혼은 사거나 팔기도 하고 바꿀 수도 있어요. 중독될 수도 있고 완벽해질 수도 있다고요. 우리에게는 영혼이 있어요. 나는 알아요."

"도리언, 그걸 정말로 확신하나?"

"물론이지요."

"아! 그렇다면 그건 분명 착각일 거야. 사람들이 절대적으로 확신하는 것들은 결코 사실이 아니거든. 그게 바로 믿음의 숙명이고 로맨스의 교훈이지. 자네, 너무 진지하군 그래! 그렇게 심각해지지 말게. 자네나 내가 우리 시대의 미신에 무슨 상관이 있다고 그러나? 미신 따위에 신경 쓸 필요는 없네. 우리는 영혼에 대한 믿음을 단념했잖아. 무슨 곡이든 한 곡 쳐 주게. 야상곡이 좋겠군. 연주하면서 자네가 어떻게 젊음을 유지하는지도 낮은 목소리로 말해 주게. 분명 어떤 비결이 있겠지. 나는 자네보다 겨우 열 살밖에 많지 않은데 이렇게 주름지고 야위고 누렇게 되지 않았나. 도리언, 자네는 정말 아름답구먼. 자네가 오늘 밤처럼 매력적으로 보인 적도 없었네. 오늘밤 자네를 보니 우리가 처음 만난 날이 생각나는군. 자네는 다소 건방졌지만 수줍음도 많았지. 놀랄 만큼 비범해 보이기도 했고 말이야. 물론 자네도 많이 변했지만 외모만큼은 그대로야. 비결을 듣고 싶네. 내 젊음을 되찾을 수 있다면 운동을 하거나 일찍 일어나는 일, 존경받는 일을 해야 한다는 걸 빼곤 뭐든 하겠어! 젊음! 젊음만 한 게 또 있나? 젊은이의 무지니 뭐니 하는 말들은 다 어리석은 말이야. 요즘 내가 존경심을 갖고 들을 만한 의견을 제시하는 사람들은 모두 다 나보다 어리다고. 오히려 젊은이들이 나보다 나은 것 같아. 그들 앞에는 새로운 인생의 신비로움이 펼쳐져 있네. 늙은이들은. 흠, 나는 언제나 그들의 의견에 반박하지. 그게 내 원칙이야. 자네가 그들에게 어제 일어난 일에 대해 의견을 물으려고 하면, 그들은 1820년, 그러니까 사람들이 꼭 맞는 목도리를 두르고 모든 걸 믿었지만 아는 건 하나도 없었던 그 시절에 통용되던 생각을 엄숙하게 말할 거야.

아, 자네는 지금 정말 아름다운 곡을 연주하고 있군. 별장 주위로 파도가 울부짖고 물보라가 창유리에 부딪히는 마요르카에서 쇼팽이 이 곡을 작곡한 걸까? 굉장히 낭만적이야. 모방작이 아닌 진짜 예술이 하나라도 남아 있으니 우리에게는 얼마나 큰 축복인가! 멈추지 말고 계속 연주해 주게. 오늘 밤에는 음악을 듣고 싶네. 자네는 젊은 아폴로이고 나는 마르시아스 같군. 도리언, 내게는 당신조차 모르는 슬픔이 있네. 노년의 비극은 늙었다는 데 있는 게 아니라 여전히 젊다는 것에 있지. 나는 가끔 내 자신의 진심에 놀라곤 하네. 도리언, 자네는 얼마나 행복한가. 자네는 정말 아름다운 삶을 살아 왔네. 모든 것을 깊이 들이마셨고 포도송이들을 입 안에 넣고 맛을 봤지. 자네 앞에서는 무엇도 모습을 숨기지 않았고 그 모든 것이 자네에게는 그저 음악 소리일 뿐이었을 거야. 그 무엇도 자네를 손상시킬 수 없어. 자네는 언제나 똑같았다네."

"해리, 똑같지는 않아요."

"아니, 자네는 똑같아. 변한 게 하나도 없어. 나는 당신의 여생이 어떻게 될지 정말 궁금해. 제발 금욕이니 뭐니 해서 여생을 망치지 말게. 지금 자네는 완벽해. 자신을 불완전하게 만들지 말게. 자네에게는 지금 전혀 흠이 없어. 그렇게 고개를 흔들지 말게. 자네도 자신을 알잖아. 더구나 도리언, 자신을 속이지 말라니까. 인생은 의지나 의도로 달라지는 게 아니야. 인생은 신경과 섬유 조직, 천천히 만들어지는 세포들의 문제야. 그런 것들 안에서 생각이 숨기도 하고 열정이 꿈을 키우기도 하는 거야. 자네는 안전하다고 자만할 수도 있고, 자신이 강하다고 생각할지도 모르겠어. 하지만 방 안이나 아침 하늘에서 우연히 보게 되는 어떤 색이나 한때 무척 좋아했기에 아련한 추억이 떠오르는 향수라든가, 까맣게 잊고 있었는데 우연히 떠오르는 시의 한 구절이라든가, 이제는 연주하지 않는 음악의 한 소절들. 도리언, 내가 감히 말하지만 우리의 삶을 지탱해주는 건 바로 이런 것들이야. 브라우닝도 어디선가 바로 이런 것에 대해 썼지. 우리 자신의 감각으로도 그런 게 어떤 건지 상상할 수 있어. 하얀 라일락 향기가 갑자기

코끝을 스치는 순간들이 있잖은가. 그런 순간이 되면 나는 또다시 내 인생에서 가장 기묘했던 한 달을 살아야 하는 거야. 도리언, 나와 자네를 바꿀 수만 있다면 정말 좋으련만. 세상 사람들이 우리 두 사람을 모두 험담하긴 하지만 사람들은 언제나 자네를 숭배하네. 영원히 숭배를 받을 테지. 자네는 이 시대가 찾고 있는 전형적인 인물이고 동시에 찾아낼까 봐 겁내는 전형이기도 하네. 나는 자네가 어떤 일도 하지 않는 것이, 조각을 새기거나 그림을 그리거나 자신 말고는 그 무엇도 만든 적이 없다는 것이 무척 기쁘네! 삶 자체가 자네의 예술이니 말이야. 자네는 자기 자신을 음악으로 만들었어. 자네가 살아가는 매일매일이 곧 자네의 소네트야."

도리언은 피아노에서 일어나 손으로 머리카락을 쓸어 넘겼다.

"그래요. 살아온 인생은 참 아름다웠어요. 하지만 이제는 그런 삶을 살지 않을래요. 해리, 그러니 내게 그런 엉뚱한 말은 하지 마세요. 당신이 나를 전부 아는 건 아니거든요. 나에 대해 전부 알게 된다면 아마도 당신은 나를 외면할 테지요. 웃는 겁니까? 웃지 말아요."

"연주를 왜 그만두었나? 피아노 앞에 다시 앉아서 야상 곡을 한 번 더 쳐 주게. 저 어슴푸레한 하늘에 걸려 있는 꿀 빛깔을 한 커다란 달을 보게나. 저 달은 당신에게 매혹 당하길 기다리고 있소. 당신이 피아노를 연주하면 저 달이 조금 더 내려올 거야. 연주하지 않을 건가? 그럼 함께 클럽에 가지. 매혹적인 밤이었으니까 마무리도 매혹적으로 해야지. 화이트 클럽에 당신을 몹시 궁금하게 여기는 사람이 있거든. 폴 경이라는 젊은이인데 본머스의 장남이야. 그는 벌써부터 당신과 같은 넥타이를 매고 다니면서 당신을 소개해 달라고 졸라 댔어. 아주 쾌활한 젊은이야. 그 친구를 보고 있으면 자네 모습이 떠오르기도 하지."

"만나고 싶지 않네요. 오늘 밤은 너무 피곤하군요. 해리, 난 클럽에 안 갈래요. 벌써 11시가 다 됐으니 오늘은 일찍 잠자리에 들고 싶군요."

도리언이 슬픈 표정으로 말했다.

"그래, 그럼 집에 있도록 해. 오늘 밤 자네의 연주는 단연 최고였어. 연주 솜씨에 경이로움마저 느꼈다니까. 지금까지 들어 본 어떤 연주보다 표현력도 풍부했고."

"선량한 사람이 되려고 마음먹었기 때문일 거예요. 벌써 조금 변한 걸요."

도리언이 미소를 지으며 말했다.

"도리언, 내 보기에 자네는 변할 수 없어. 자네는 나와 언제나 친구일 거야."

"하지만 당신은 언젠가 책 단 한 권으로 나를 중독시켰지요. 그건 결코 용서할 수 없어요. 해리, 누구에게도 그 책을 빌려 주지 않겠다고 약속하세요. 그 책은 너무 해로워요."

"이런, 자네는 정말 설교를 하려고 드는군. 조만간 개종자나 부흥 전도사처럼 자네가 싫증을 느낀 온갖 죄악에 대해 경고를 하고 다니겠구먼. 하지만 그러기엔 자네는 너무 유쾌한 사람이야. 게다가 그래 봐야 아무런 소용도 없어. 자네나 나는 지금 이대로가 본래 모습이고 앞으로도 변함없을 테니 말이야. 책 한 권으로 중독됐다고? 그런 일은 없어. 예술은 행동에 아무런 영향도 미치지 않는 법이지. 오히려 예술은 행동하려는 욕망을 무력하게 만들고 말아요. 예술이란 가장 영향력이 없는 거야. 세상이 부도덕하다고 말하는 책들은 바로 세상의 치욕을 드러내는 책들이지. 하지만 문학 얘기는 그만하지. 내일 들르게. 열한 시에 승마를 할 생각인데 같이 하세. 그 뒤엔 브랭크섬 부인과 함께 점심을 먹자고. 아주 매력적인 여인인데 어떤 태피스트리를 구입하면 좋을지 자네의 조언을 듣고 싶다고 했네. 그러니 꼭 오게. 아니면 우리의 귀여운 공작부인과 점심을 먹어도 좋고. 요즘 자네를 통 보지 못했다고 하던데. 혹시 자네, 글래디스에게 싫증이 나나? 그럴 줄 알았어. 그 애의 교활한 말솜씨가 사람 신경을 건드리거든. 아무튼 11시에 여기로 오게."

"해리, 내가 꼭 와야 하나요?"

"물론이지. 요즘 하이드파크가 굉장히 아름답지. 당신을 만났던 그해 말고 이렇게 라일락이 아름답게 핀 건 처음이거든."

"좋아요. 11시에 올게요. 그럼 잘 있어요, 해리."

문 앞에 이르렀을 때 도리언은 뭔가 더 할 말이 있는 것처럼 머뭇대다가 한숨을 쉬고는 밖으로 나갔다.

제20장

초상화의 비밀

아름다운 밤이었다. 너무 따뜻해서 그는 외투를 벗어 한쪽 팔에 걸치고 목에 둘렀던 실크 스카프도 풀었다. 담배를 피우며 집으로 가는데 야회복을 입은 청년 둘이 그의 곁을 지나쳤다. 그들 중에 한 명이 속삭이는 말이 도리언의 귀에도 들렸다.

"저 사람이 도리언 그레이야."

도리언은 누군가 자신을 가리키거나 자신을 빤히 쳐다보거나, 자신에 대해 얘기할 때마다 뿌듯해하던 기억이 떠올랐다. 하지만 이젠 그런 것들이 신물이 났다. 그는 최근에 아주 빈번하게 시골 마을을 다녀오곤 했는데 그 마

을이 매력적인 이유의 절반은 아무도 그를 모른다는 사실
이었다. 예전에 그가 유혹해서 자신을 사랑하게 만든 여
자에게 자신이 가난뱅이라고 종종 말하곤 했는데 그녀는
그 말을 그대로 믿었다.

언젠가는 그녀에게 자신이 아주 사악한 인간이라고 한
적도 있는데 그녀는 깔깔대면서 사악한 사람들은 언제나
아주 늙고 굉장히 못생겼더라는 대답을 했다. 개똥지빠귀
가 노래하는 듯한 그녀의 웃음소리는 얼마나 아름다웠던
가! 무명옷을 입고 커다란 모자를 쓴 그녀는 얼마나 예뻤
던가! 그녀는 아는 것이 하나도 없었지만 그가 잃어버린
모든 것을 가지고 있었다.

집에 도착해 보니 하인이 자지 않고 기다리고 있었다.
그는 들어가 자라고 말한 뒤 서재로 가 소파에 누워 헨리
경이 했던 몇 가지 말을 곰곰이 생각하기 시작했다.

사람은 절대로 변할 수 없다는 그 말은 사실일까? 언
젠가 헨리 경이 흰 장미와 같다고 했던 자신의 소년 시
절, 때 묻지 않은 순수함이 너무나 그리웠다. 도리언은 스
스로를 더럽혔고 마음을 타락으로 채우고 공상에는 공포

286

감만을 심어 주었다는 것을 깨달았다. 다른 사람들에게는 나쁜 영향만 주었고, 그렇게 하면서도 소름 끼치는 쾌락을 경험했음을 깨달았다. 그리고 자신의 인생과 얽혀 있던 사람들 중에 자신이 수치스럽게 만들었던 인물들은 가장 올바르고 누구보다 장래가 촉망받던 사람들이었다는 것도 깨달았다. 그 모든 일은 돌이킬 수 없는 것일까? 그에게는 희망이 없는 것일까?

아! 어쩌다 초상화가 그의 생명이 가졌던 무거운 짐을 대신 짊어지고 그가 영원한 청춘의 순수한 광채를 간직하게 해 달라고 했던 저 오만하고 격정적인 기도를 왜 했단 말인가! 그의 모든 실패는 바로 그 순간에 시작되었던 것이다. 차라리 살아가면서 죄 지을 때마다 확실한 처벌을 바로바로 받았더라면 좋았을 것이다. 처벌은 영혼을 정화해 주기 때문이다. 대단히 공정한 신에게 바치는 인간의 기도는 '우리의 죄를 사하여 주시고'가 아니라 '우리 죄악을 벌하여 주시고'가 되어야 했다.

아주 오래전에 헨리 경에게 선물 받은 특이한 거울은 지금도 탁자 위에 세워져 있고 거울 테두리에 붙은 팔다리가 하얀 큐피드 조각도 예전처럼 웃고 있었다. 파멸을 불러온 그림이 변한 사실을 처음으로 눈치 채고 공포에 사로잡혔던 그날 밤 그랬던 것처럼 그는 거울을 들어, 눈물이 흘러 흐릿해졌지만, 날카로운 시선으로 방패 모양의 반짝이는 거울을 들여다보았다. 언젠가 그를 열렬히 사모한 누군가 열정적인 편지를 보낸 적이 있었다.

'상아와 황금으로 만들어진 당신으로 인해 세상이 달라졌습니다. 당신 입술의 곡선은 역사를 고쳐 쓰게 합니다.'

이 구절이 다시 떠올랐고 그는 반복해서 이 구절을 되뇌었다. 그러던 중 자신의 미모에 혐오감이 일어 거울을 바닥에 던지고 발꿈치로 짓이겼다. 산산조각이 난 은빛 조각들이 여기 저기 나뒹굴었다.

그를 파멸시킨 것은 그의 미모, 그가 그토록 원했던 미모와 젊음이었다. 이 두 가지가 없었다면 그의 인생도 깨끗했을지 모른다. 그의 미모는 가면이고 그의 젊음은 가짜였다. 청춘 따위가 다 뭐란 말인가! 설익고 미숙한 시간, 천박한 기분과 유약한 사고에 지배받는 시기에 불과한 것을. 왜 그는 그런 청춘의 옷을 입고자 했을까 ? 결국 젊음이 그를 망치고 말았다.

과거는 생각하지 않는 것이 나았다. 그 무엇도 과거를 돌려놓을 수는 없다. 그가 생각해야 할 일은 자기 자신과 자신의 미래였다. 제임스 베인은 셀비 묘지에 이름도 없이 묻혔다. 앨런 캠벨은 어느 날 밤 자신의 실험실에서 권총으로 생을 마감했지만 그가 알게 된 비밀은 결코 밝히지 않고 죽었다. 바질 홀워드의 실종에 관한 이야기도 조만간 사라지고 말 것이다. 이미 잠잠해지고 있었다. 따라서 그런 면에서 그는 아주 안전했다. 사실 그의 마음을 짓누르고 있는 것은 바질 홀워드의 죽음이 아니라 살았지만 죽어 있는 자신의 영혼이었다. 바질은 자신의 인생을 망가뜨린 초상화를 그렸고 그런 연유로 바질을 용서할 수가 없었다.

모든 것은 바로 이 초상화에서 시작되었다. 바질은 그에게 도저히 참기 힘든 말을 했었고 그럼에도 그는 참을성 있게 눌렀다. 살인은 단지 순간적인 광기에 의해 일어난 것이다. 그리고 앨런 캠벨의 자살은 그 혼자 저지른 일이다. 스스로 선택했고 도리언과는 아무런 상관도 없는 일이었다.

새로운 인생! 이것이 바로 그가 원하는 것이고 기다리는 것이다. 분명히 자신은 이미 새로운 인생을 시작했다. 어쨌든 순결한 소녀에게 인정을 베풀었으니 말이다. 다시는 순결한 사람을 유혹하지 않고 선량한 사람이 될 것이다. 헤티 머튼을 떠올리니 잠긴 방 안에 있는 초상화가 궁금해지기 시작했다. 변하지 않았을까? 설마 지금까지의 모습처럼 끔찍하지는 않겠지. 자신의 삶이 순결해지면 초상화 얼굴에 남은 사악한 흔적들도 전부 사라질지 모른다. 어쩌면 이미 사악한 흔적들은 모두 사라져 버렸을 수도 있다. 그는 당장 확인해야겠다고 생각했다.

그는 탁자 위에 놓인 램프를 들고 천천히 계단을 올라갔다. 문의 빗장이 벗겨지는 순간 그의 젊은 얼굴에 기쁨의 미소가 피어올라 잠시 입가에 머물렀다. 그렇다, 그는 착한 사람이 될 테고 지금까지 숨겨둔 소름 끼치는 물건도 더는 자신을 공포에 몰아넣지 않을 것이다. 그는 벌써부터 무거운 짐을 다 내려놓은 기분이 들었다.

조용히 방 안으로 들어가 평소 습관대로 문을 잠그고

초상화를 덮고 있던 자줏빛 장막을 벗겨 냈다. 그 순간 고통과 분노의 비명이 터져 나왔다. 교활한 눈빛, 주름이 자글자글한 위선자의 입매 말고는 아무런 변화도 찾아볼 수 없었다. 여전히 혐오스러운 상태였다. 아니, 오히려 전보다 더 혐오스러워졌다. 손에 얼룩졌던 주홍색 얼룩은 더욱 선명해져 마치 최근에 흘린 피처럼 보였다. 순간 도리언은 온몸을 부들부들 떨었다. 자신이 베푼 유일한 선행이라는 것이 그저 허영심에 불과했던가? 헨리 경이 조롱하듯 웃으며 말했던 것처럼 새로운 기분을 느끼고 싶은 욕망 때문이었단 말인가? 그것도 아니면 가끔씩 우리들로 하여금 자신보다 더 멋진 연기를 하게 만드는 극적 정열 때문인가? 아니면 이 모든 것이 다 이유가 됐을까? 그런데 저 붉은 얼룩은 왜 전보다 더 커진 거지? 마치 끔찍한 질병이라도 앓는 것처럼 주름진 손가락 위로 서서히 번져 가는 것만 같았다. 피가 뚝뚝 떨어진 것처럼 두 발에도 피가 묻어 있었다.

칼을 쥔 적이 없는 왼손에도 피가 묻어 있었다. 자백하라고? 이 피는 자백을 하라는 뜻일까? 자수해서 사형을 당하라는 뜻일까? 그는 웃었다. 터무니없는 생각을 한다고 느꼈다. 만약에 자백을 한다고 해도 누가 그 말을 믿을 것인가? 살해된 남자의 흔적도 없다. 그가 지녔던 모든 물건들도 불태워 버렸다. 세상 사람들은 그저 자신이 미쳤다고 할 것이다. 그래도 고집스럽게 자백하려 한다면 그를 가두고 말 것이다……. 하지만 자백하고 공개적으로 수모를 당하고 공개적으로 죗값을 치르는 것이야말로 그가 할 일이었다. 인간에게는 그들의 죄를 하늘뿐만 아니라 땅에도 고백하라고 명령하는 신이 있지 않은가. 어떠한 선행도 그가 자신의 죄를 고백하지 않는다면 그를 정화하지 못할 것이다.

죄? 그는 어깨를 움츠렸다. 바질 홀워드의 죽음은 그에게 중요한 것이 아닌 듯했다. 지금 그의 머릿속에는 헤티 머튼에 대한 생각이 가득했다. 그가 지금 들여다보고 있는 영혼의 거울은 옳지 못한 거울이었기 때문이었다. 허영심? 호기심? 위선? 그녀를 단념한 것은 이런 것들 말고 또 무슨 이유가 있었던가? 아니, 또 다른 것이 있었다. 적어도 그는 그렇게 생각했다. 하지만 누가 알 것인가? 아니다. 그 이상은 아무것도 없었다. 허영심 때문에 그녀를 지켜주고, 위선이라는 가면을 쓰고 호기심 때문에 자기부정을 해 봤던 것이다. 이제야 그는 그것을 깨달았다.

그러나 이 살인이, 평생 그를 따라다닐까? 과거의 무거운 짐을 항상 지고 살아야 한단 말인가? 그렇다면 정말 고백을 해야 하는 것일까? 그럴 수는 없었다. 그에게 불리한 증거는 오직 한 가지만 남아 있을 뿐이다. 초상화. 그것이 바로 그 증거였다. 없애 버려야지. 그렇게 오랫동안 계속 보관한 이유가 뭐야? 예전에는 그것이 변하고 늙어 가는 것을 지켜보는 일이 그에게 쾌락을 안겨 주었지만 최근에는 그런 감각이 무뎌졌다. 이 초상화 때문에 잠 못 이루고 깨어 있어야 했다. 집을 떠나 있을 때는 혹시나 누가 볼까 봐 늘 두려움에 떨어야 했다. 초상화는 그에게 우울함을 가져다주었다. 초상화를 떠올릴 때마다 즐거운 순간이 엉망이 되곤 했다. 초상화가 그에게는 양심과 같은 것이었다. 그렇다. 그림은 그의 양심이었다. 없애 버리자.

그는 주변을 돌아보았다. 바질 홀워드를 찔렀던 칼이 보였다. 그는 핏자국이 없어질 때까지 몇 번이고 칼을 씻어 두었기 때문에 칼은 반짝거렸고 빛이 났다. 그 칼이 화가를 죽인 것처럼 화가가 그린 작품과 그것이 뜻하는 모든 것을 죽일 것이다. 칼은 과거를 죽이고 과거가 죽으면 도리언 그레이도 해방이 될 것이다. 칼은 이 끔찍한 영혼의 생명을 죽일 것이고 이 영혼의 생명이 사라지면 그는 평화를 누리게 될 것이다. 그는 칼을 움켜쥐고 그림을 힘껏 찔렀다.

비명과 함께 커다란 소리가 들렸는데 그 소리가 하도 소름 끼치는 것이라 하인들이 소스라치게 놀라 살그머니 방에서 나왔다. 아래쪽 광장을 지나던 두 신사가 걸음을 멈추고 비명이 흘러나온 저택을 올려다보았다. 곧 다시 걸음을 옮겼지만 경찰관을 만나자 그를 데리고 다시 도리언의 집으로 돌아왔다. 경찰관이 여러 차례 벨을 울렸지만 대답이 없었다. 위층 창 하나에 불이 켜져 있었지만 그것을 제외하고는 온 집 안이 어둠에 잠겨 있었다. 잠시 후 경찰관은 문 앞에서 물러나 옆집 현관에 서서 동정을 살폈다.

"경관, 저 집은 누구 집인가요?"

두 신사 중 나이 든 쪽이 물었다.

"도리언 그레이 씨 댁입니다."

경찰관이 대답했다.

그들은 그 자리를 떠나면서 서로 마주 보고 비웃었다. 그중 한 사람은 헨리 애쉬턴 경의 숙부였다.

저택 안 하인들이 지내는 구역에서는 옷을 대충 걸친 하인들이 서로 마주 보며 작은 소리로 수군대고 있었다. 프랜시스는 얼굴이 하얗게 질렸고 나이 든 리프 부인 은 두 손을 꽉 쥐고 울었다.

약 15분쯤 흐른 뒤에 프랜시스는 마부와 하인 한 명과 함께 조심스럽게 위층으로 올라갔다. 문을 두드렸지만 대답이 없었다. 소리쳐 부르기도 했으나 사방은 조용하기만 했다. 문을 억지로 열어 보려고 했으나 뜻대로 되지 않자 지붕으로 올라가서 다시 발코니를 타고 내려왔다. 나사가 오래 된 것이라 창문은 생각보다 쉽게 열렸다.

방 안으로 들어선 그들은 근사한 초상화 한 점이 벽에 걸린 것을 발견했다. 이 초상화는 그들 주인의 얼굴을 그린 초상화였다. 미모와 젊음을 간직한 아름다운 모습이었다. 바닥에는 야회복 차림의 남자가 가슴에 칼이 꽂힌 채 죽어 있었다. 주름투성이에 야위고 역겨울 뿐만 아니라 흉측한 몰골이었다. 그들은 그 사람의 손에 낀 반지들을 자세히 살펴보고서야 그자가 누구인지 알아보았다.

작품 해설

　오스카 와일드의 유일한 장편소설인 『도리언 그레이의 초상』을 이해하기 위해서는 오스카 와일드의 삶의 행적을 살펴보는 것이 중요하다. 그는 1854년 10월 16일 아일랜드의 더블린에서 태어났는데, 그의 부친인 윌리엄 와일드 경은 아일랜드 왕실 아카데미 회원이었던 저명한 의사이자 여행가, 의학, 고고학, 민속학 등의 분야에 걸쳐 여러 저작을 집필한 저술가였다. 그는 9세까지 가정교육으로만 학업을 수행하였고, 10세가 되자 왕립학교에 입학하게 되었다.

　이후 1871년에 장학생으로 더블린의 트리니티 칼리지

에 입학해 그곳에서 고대사 교수인 존 펜틀랜드 마하피를 만나게 되고 고대 그리스 문화에 심취하였다. 그는 1874년에는 옥스퍼드의 모들린 칼리지에 장학생으로 들어가게 되었는데, 이곳에서 그의 운명을 결정지을 4년을 보내게 된다. 와일드는 학업성적도 우수했으며 많은 교양도 쌓았는데 플라톤, 아리스토텔레스, 스피노자, 괴테, 헤겔, 르낭, 보들레르의 작품을 좋아했다고 한다.

이 당시 옥스퍼드에서는 소위 유미주의 운동이 싹트고 있었다. 와일드는 존 러스킨과 월터 페이터 교수의 영향을 받았다. 일찍이 마하피 교수로부터 영향 받은 고대 그리스 문화와 예술에 대한 관심을 심화시켜 유미주의 운동의 실천자로 자처했으며, 1979년 옥스퍼드를 졸업하기 전부터 유미주의자로 이름이 높았다. 공작 깃털, 해바라기, 청자, 장발, 벨벳 바지 등이 유미주의의 상징이었는데 와일드는 그의 독특한 옷차림으로 사람들의 이목을 끌었으며 재치 있는 입담으로도 유명했다.

이때 유미주의자인 오스카 와일드를 조롱하는 희극 〈인내〉가 발표되어 미국에까지 전해졌다. 미국인들은 그에 대한 흥미를 느끼고 와일드를 초대했다. 그가 미국에 도착해 세관에서 소지품 검사를 할 때, "나에게는 천재 이 외는 아무것도 없습니다."라고 한 말은 매우 유명한 어록으로 전해진다. 〈인내〉를 관람한 미국인들은 그를 실컷 조롱하려고 했지만 막상 와일드가 가진 비상한 재주와 교양에 놀라 그를 존경하게 되었다. 결국 4개월을 예정으로 떠났던 미국 강연은 장장 일 년 동안 이어졌다.

와일드의 삶에서 가장 큰 영향을 준 사건으로는 앨프레드 더글러스 경과의 만남과 교류를 꼽을 수 있는데, 그는 만남 이후 죽을 때까지 십 년 동안이나 그와 열정적인 애정에 빠진다. 옥중 편지에서 그는 더글러스가 자기를 파괴했다고 밝히는데, 더글러스는 마치 유미주의자인 오스카 와일드를 파괴하기 위해 태어난 것처럼 보이기도 했다. 더글러스는 퀸즈베리 후작의 아들로 옥스퍼드 출신의 아름다운 미모를 가진 시인이었다. 그를 소개받았을 때의 와일드의 심리는 도리언을 소개받았을 때의 헨리 워튼 경의 심경과 비슷했을 것이라고 여겨진다. 타락하지 않은 더글러스에게 이끌림을 느끼고 새로운 세계를 소개하는 와일드의 행적에서 이를 나타내었다.

결국 『도리언 그레이의 초상』은 순수한 미를 추구한 예술가이자 사회를 비뚤어진 시선으로 바라보면서도 감각적이고 미적인 새로운 유미주의 예술론을 탐구했던, 그러나 결국 비극적인 말년을 보내야 했던 오스카 와일드의 삶이 반영된 작품이라고 볼 수 있다. 이 작품은 1889년 미국 출판사인 리핀코츠 사의 J. M. 스토다트의 요청으로 집필하기 시작해 1890년 《리핀코츠 먼슬리 매거진》 7월호에 발표했다. 발표하자마자 언론과 비평가들은 도덕적으로 타락한 위험한 작품이라고 비평했다. 공리주의자는 이 소설의 퇴폐적인 생활을, 청교도는 이 소설의 비도덕적인 생활에 대해 엄청난 공격을 퍼부었다. 특히 동성애 코드가 짙은 작품이었기 때문에 더욱 거센 항의가 있었다.

이때 오스카 와일드는 자신의 작품을 모욕하는 것은 그 작품이 도덕적으로 타락한 작품이라는 사실이 아니라, 비난하는 사람들이 도덕적으로 타락하고 부패했다는 사실을 반영하는 것이라고 반론했다. 하지만 결국에는 대폭 수정하고 새로운 내용을 첨가해 1891년 한 권의 소설로 출간했다. 그는 소설 앞부분에 '예술을 위한 예술'이라는 머리말을 통해 예술에 목적이 있다면 다른 아무 목적도 지니지 않는 점이 의미가 있다는 뜻을 알리고자 했다. 유미주의 운동이 시작된 계기가 대부분 위선적인 부르주아 도덕주의에 대한 경멸이라는 것을 일깨우며, 예술을 교육이나 도덕적 계몽의 한낱 도구로 취급하던 당시 흐름에 반발해 예술을 예술로만 보게 만들고, 도덕적 책임감에서 벗어나게 하고 싶었던 것이다. 이 작품에서는 헨리 경과 도리언 그레이의 대담을 통해 유미주의를 향한 많은 실마리를 제공한다.

그러나 와일드와 더글러스 경과의 동성애 문제가 퀸즈베리 후작에 의해 불거지면서 남색혐의로 고소당하고 만다. 결국 와일드는 두 번의 재판 끝에 1895년 5월 25일 2년간의 중노동형을 선고받는다. 그는 그 사이에 친구들의 권유대로 외국으로 도피할 기회가 있었지만 비겁자나 도망자라는 말을 듣느니 그대로 남는 편이 더 고귀하다고 말하며 그 기회를 마다했다. 이후 그는 2년간 참혹한 감옥 생활을 하고, 그러는 동안 가족과 전 재산을 잃고 만다.

출옥 후에는 프랑스에 머물며 작품 활동을 계속했으나 마지막에는 호텔에서 쓸쓸한 삶을 마감하게 된다.

작가 연보

1854년 10월 16일 아일랜드 더블린에서 의사이자 학자였
         던 윌리엄 와일드와 시인이던 제인 와일드의 아들
         로 출생.
1864년 포토라 왕립학교에 진학.
1874년 장학금을 받고 옥스퍼드의 모들린 칼리지에서 고
         전문학 공부를 시작함.
1876년 부친 윌리엄 와일드 사망.
1878년 〈라벤나〉라는 시로 뉴디게이트상을 수상. 옥스퍼
         드 대학교를 뛰어난 성적으로 졸업. 1879년 더블
         린에서 첫사랑 플로렌스와 이별하고, 영국으로 건

너가 런던에 정착.

1881년 지금까지 썼던 시들을 수정하고 보완해서 낸 『시
편들』이 비교적 호평을 받음. 와일드의 옷차림이나
행동을 풍자하며 그의 유미주의 운동을 비꼬던 길
버트와 설리번의 희극 오페라 〈인내〉가 공연됨.

1882년 미국 순회강연을 시작. 헨리 롱펠로우, 올리버 웬들
홈스, 월트 휘트먼 등과 교류함. 미국에서 〈베라, 혹
은 폭력 혁명주의자〉를 무대에 올렸으나 실패.

1883년 영국과 아일랜드에서 미국에 대해 개인적으로 받
은 인상, 현대 사회에서 예술의 가치와 의상 등을
주제로 순회강연을 함. 두 번째 희곡인 〈파두아 공
작부인〉을 집필.

1884년 5월 29일 더블린의 유명한 법정 변호사의 딸 콘스
탄스 로이드와 결혼.

1885년 첫째 아들 시릴이 태어남. 《팰맬 가제트》에 예술
과 인생에 관한 평론을 쓰기 시작.

1886년 둘째 아들 비비언이 태어남.

1887년 대중 잡지 《숙녀의 세계》의 편집자가 됨. 「캔터빌

의 유령」,「비밀이 없는 스핑크스」,「아서 새빌 경
의 범죄」,「모범적인 백만장자」 등의 단편을 발표.

1888년 창작동화집 『행복한 왕자와 그 밖의 이야기들』을
출간.

1889년 대화 형식의 산문 「거짓말의 쇠퇴: 한 편의 대화」,
풍자적 전기인 「펜, 연필 그리고 독」, 동화 「공주
의 생일을」 발표.

1890년 월간지 《리핀코츠 먼슬리 매거진》에 13장으로 된
「도리언 그레이의 초상」을 발표.

1891년 논란이 되었던 동성애적 요소와 퇴폐적인 부분을
수정하고 20장으로 확대 구성한 『도리언 그레이
의 초상』을 출간. 동화 모음집 『석류나무의 집』을
출간. 앨프레드 더글러스 경과의 우정이 시작됨.

1892년 희극 〈윈더미어 부인의 부채〉가 처음으로 런던에
서 상연되어 큰 성공을 거두게 됨. 프랑스어로 희
곡 〈살로메〉를 집필했지만 상연이 금지됨.

1893년 〈살로메〉가 프랑스에서 간행되고, 희극 〈하찮은
여자〉가 상연됨. 『윈더미어 부인의 부채』가 책으

로 출간. 앨프레드 더글러스 경과 이집트 여행을
떠남.

1894년 마지막 희곡 작품이자 최고로 꼽히는 〈진지함의
중요성〉을 처음으로 상연. 더글러스 경의 부친 퀸
즈베리 후작과 법정 싸움으로 작품의 도덕성까지
문제시되고 동성애자라는 혐의로 기소되어 2년
중노동형을 선고 받음. 11월에는 파산 선고를 함.

1896년 어머니 제인 와일드 사망. 〈살로메〉가 프랑스에서
상연됨.

1897년 감옥에서 출감한 뒤 세바스천 멜모스라는 가명으
로 프랑스로 이주.

1898년 프랑스 파리에 정착하여 마지막 작품으로 교도소
생활의 비참함을 다룬 『레딩 감옥에서 부르는 발
라드』를 출간. 아내 콘스탄스 사망.

1899년 『진지함의 중요성』, 『이상적인 남편』이 출간. 파리
의 알자스 호텔로 거처를 옮김.

1900년 11월 30일 알자스 호텔에서 뇌막염으로 사망. 파
리 외곽 바뇌 공동묘지에 묻힘.